馀味集

刘军甫 著

中原出版传媒集团
中原传媒股份公司

大象出版社
·郑州·

图书在版编目(CIP)数据

余味集 / 刘军甫著.— 郑州 ：大象出版社，
2018. 3
ISBN 978-7-5347-9610-4

Ⅰ. ①余… Ⅱ. ①刘… Ⅲ. ①古体诗—诗集—中国—
当代 Ⅳ. ①I227

中国版本图书馆 CIP 数据核字(2017)第 309671 号

余味集

YUWEI JI

刘军甫 著

出 版 人 王刘纯
责任编辑 范 倩
责任校对 安德华
书名题签 王刘纯
装帧设计 张 帆

出版发行 大象出版社(郑州市开元路 16 号 邮政编码 450044)
发行科 0371-63863551 总编室 0371-65597936
网 址 www.daxiang.cn
印 刷 洛阳和众印刷有限公司
经 销 各地新华书店经销
开 本 787mm×1092mm 1/16
印 张 18
字 数 152 千字
版 次 2018 年 3 月第 1 版 2018 年 3 月第 1 次印刷
定 价 56.00 元

序一

王立群

中国是一个诗的国度。诗歌是我国最早形成的、生命力最强的文学体裁之一。从最早的诗歌总集《诗经》开始，从诗体来说，我国的诗歌主要经历了四言、五言、六言、七言、杂言，乐府、歌行、格律诗、白话诗等诸多形式，且一直是汉语言文学的主要样式。作为一种艺术载体，诗歌饱含社会现实和民众的情感体验，深深地融入了汉语文化圈的生活，成为人们抒情表意的常用形式。从内容来说，诗歌承载着中华民族的优秀文化传统，记录着时代、历史和精神情感，也成就了难以计数的优秀诗人，成为民族文化的宝贵财富。《尚书·尧典》中说“诗言志”，主要是就诗的功能而言——可以抒写人的思想、抱负和志向；随着时代的发展和创作题材的扩大，也自然会融进作者的意愿和感情。

诗歌无论是记事、言情、写景、交游、忧民、颂赞、田园、说理等，用真情实感去写恐怕是第一要义。无论采用哪种艺术手法和修辞手段，只有情真方可意切。而情真应该源于高尚的人格和真实的生活。

军甫的诗作正是他在现实生活中对亲身经历的事件、交游的人物、壮美的山河、萦怀的乡愁、流逝的时光等生命体验的记录，字里行间闪烁着思想的火花。如他在《天命之年感悟》中写到“红尘催人老，风雨换物容。深知糊涂难，淡泊也朦胧”，既有人生易逝的无奈，也有难以超脱的困惑；《重阳节有感》中“酒醉更觉今日好，还借茱萸思故乡”直抒思乡之情；《辛卯中秋感怀》中“豪华落尽知淡定，人到中年乐悠悠”，写出阅历世态变化之后心里归于平淡的快乐；《观海》中“涛声有恨常怒吼，浪花多情竞自由”借物说理；《闲吟》之二“春秋百载刹那间，人生一世若等闲”感时易逝，淡泊明志跃然纸上。又如《登黄山》《临黄河有感》《品味宝天曼》等诗既有山水行旅中对天地造化的赞美，又有对自然规律的体悟和敬畏。还有一些诗作，虽然仅记交游往事、节令民俗，但也多即事言理，款曲自在，平易之中极见真情。

军甫有三十余年的从政生活。从这本诗集里可以看出，在繁忙的政务之余，他一直在不断地读书，写诗几乎成为他生活的重要内容和表达思想的重要形式。诗为心声，这些诗又是他自己从数百首诗中选录出来的，多为精心力作，同时言之有物，读之有情，所以就品之有味。名之《余味集》，读后方知不虚也。

是为序。

2017年10月16日

序二

程光炜

我和军甫先生七八十年代之交都在河南大学中文系念书，是大学同窗。当时两百多人的77级中文系学生分为六个行政班，因十号楼的教室容量有限，上课的时候又分作前大班和后大班。我在一班，军甫先生在三班，在一、二、三班组成的前大班一起上了整整四年的课。记得我的宿舍在前一排平房，军甫的在后一排，恰好与我的宿舍对望。同学四年，算认识，但不是很熟。印象中仅记得他是一个稳重的学生，平日话不多，上课路上碰到只是彼此点点头。河南大学是我们人生再开始的地方，自然对老同学都感到非常亲切，大概隔着几十年风雨，也不会忘掉吧。

听说军甫很早就从政，而我从政一年，因父亲生病，就弃政从教，到信阳师范学院中文系教书去了。之后辗转至湖北的一所大学，博士毕业后再辗转至北京，直到在中国人民大学中文系任教，一晃就是二十多年。我再见到军甫先生，是他在信阳市常务副市长任上。我们共同的老同学、信阳师范学院文学院院长陈伟琳教授牵头，另有老同学、信阳市人大常委会副主任高潮先生作陪，军甫请大家欢聚。彼时的弱冠少年，现在都成了身体略微发胖、头发也不那么浓密的中年人。数十年岁月就这样悄无声息地从我们之间流过，大家的感叹自然难免。军甫事业成功，同学们有目共睹，所以那次在信阳见到三位老同学，心中的高兴自然相当地饱满。

军甫先生后来从信阳调至郑州，再因工作需要调回他的老家驻马店，对他的变动我一直耳闻一二，总是默默为他祝福。但我真不知道军甫一直在创作诗歌，直到前些时在沈阳接到他的电话，才知道他的写作已经持续了很多年。军甫嘱我写序，我不免惭愧。一是他也是科班出身，从书后那篇《余味说》来看，他的古典文学修养应该在我之上。二是我们是同窗好友，如果说作序，我根本不够资格。好在中国自古以来同学、同乡之间有相互唱酬的传统，我这篇很粗浅的小文，权当是为老同学这部诗集的出版助兴罢了。

这部诗集分为四卷，内容与中国古代为官从政诗人创作的诗词题材接近，也映照着作者这几十年来所走过的人生道路和心路历程。他是把现实中无法表述的心迹，以诗词的形式来寄托，暗寓自己的情怀。在近代以来的文学分工开始之前，中国最著名的诗人都是为官从政的那些文人，唐诗宋词即为典型例证。这些人饱读经书，阅历丰富，又因做官游历过许多山水，而且洞悉人情世故，所以他们的作品既有很高的审美情趣和文化素养，也深刻表现了现实生活的方方面面。许多不朽的诗篇都带有这种历史痕迹。卷二中的《落叶》是写在经历了很多人生苦痛之后，对自然对生命都有了更为深透的体悟。《兰花咏》情趣独特，视角新颖，语句十分隽永而缠绵，显示出作者内心丰富的感受，也表现出他感物心知的敏锐。我个人比较偏爱卷一中的《秋思》这首诗，这是一个人走过曲折坎坷的历程之后，在人生悲欢中表现出的豁达。在我看来，这种情绪有普遍意义。人到中年之后，人生都会走向一个更高的境界，开始拥有比年轻时更为宽广的视野。不过，作者在表达这一情绪的时候，格调是内敛的、含蓄的，正因如此，诗作才有如此饱满的内在张力。《晨读》的意境十分清新，是一种坐忘山林的姿态，天地与人融为一体，彼此不分。这大概有一种古人的境界和妙趣吧。

诗人对诗歌创作有自己独到的体悟，《余味说》这篇文章算是他个人的诗观和见解。文章写道：“一曰余味之求。余味者，留下来的耐人回想的味道。对写诗来说，这应该是一种很高的境界和追求。”又说：“《文心雕龙》中说‘深文隐蔚，余味曲包’，意思是说，深刻的文辞含蓄而多彩，言外的余味曲折地包含着。诗有余味，应该如此。我是一个爱诗写诗而不求甚解的人，写诗仅仅是一种情趣爱好，赏诗的水平也很有限，但是对‘余味’之说，我很赞赏，也把它作为自己习作的一种追求。虽不能有绕梁之音，但总不能一览无余。特别是旧体诗，版块小、空间小，受体裁和篇幅限制，要想表达丰富的内涵、幽深的意境，只有靠余味来弥补了。余在哪里？当然是藏在字里行间，隐在诗的背后，余在感悟之中。诗也好，词也罢，一字一句所表达的都有更深的内涵。我们能看到的是诗的外形，而诗的灵魂和意境总是在形之外、象之后，是那种隐隐约约、亦真亦幻的境界，此种境界是要靠生活积累和文学修养来感悟的。这里我必须坦率地说，余味仅仅是我习作的追求，而实际上是有望而未能及，诗稿中有余味者如能十之有一，也算无愧余味之求了。”看得出来，他对旧体诗词的创作有一套完整成熟的主张，不需要我再评点论析。但我最后想说，军甫先生是一个具有很高文学修养，对人生、历史有自己独特见解，而且在诗歌创作上有很高造诣的作者。他诗风深沉含蓄，格调简洁高迈，语言极为讲究，当然也不乏从政的情怀。如果从地方志、史书的角度看，这部诗集有很大的保存价值，因为它真实记录了作者对涉足之处的历史地理、文化气候、制度习俗等最直接的感受。这部诗集的意义，实际已超越了个人，而变成历史生活的一部分了。

在这部诗集即将问世之际，谨以老同学的名义对它表示祝贺。

2017年11月28日于北京亚运村

目录

卷一

卷二

卷三

卷四

卷一

中年辞

人到中年岁月好，敬老喜幼乐陶陶。
经风经雨千帆过，知天知地万事晓。
月圆月缺几轮回，花开花落知多少。
莫为余生苦乐愁，善度今日看明朝。

2003 年 3 月

岁月辞

阴晴圆缺非人为，东风西风随意吹。
春色秋色皆入画，桃红柳绿各明媚。
岁月无情催年老，寒暑有序何伤悲。
人去烟灭一场梦，生死枉费名利追。

2003 年 4 月

天命之年感悟

五十知天命，岁月路更清。
弹指半生过，回首峥嵘中。
红尘催人老，风雨换物容。
深知糊涂难，淡泊也朦胧。

2003 年 5 月

读书三得

一

闲步溪流沐清风，放眼风物皆生情。
问君何得心如许，好书如雨润无声。

二

阳光不语化乾坤，江海有纳成其深。
大地载物方为厚，书不厌读自有神。

三

方寸之窗观洞天，万里长空象万千。
天高海阔任鸟飞，云开雾散天地远。

2006 年 5 月

咏　燕

春来秋去年年归，如今又伴春风回。
还作旧人堂前客，常忆昔日梦相随。
分享东家幸福日，笑看房前长流水。
劝君莫做季候鸟，且把秋光当春晖。

2009 年 3 月

秋　颂

一叶飘落青山瘦，繁华去尽风骨留。
傲霜野菊香正远，南去飞雁声亦悠。
四野喜看硕果累，高天更显霜花稠。
春耕夏耘千辛过，居功虚怀是为秋。

2009 年 8 月 28 日

秋夜散步草成

孤影穿幽径，落叶伴清风。
草掩秋虫吟，林藏栖鸟惊。
我欲邀明月，相语话亲朋。
寒意潜入夜，乡思无尽情。

2009 年 9 月

赴美加之旅恰逢重阳节

人过天命知沧桑，年到秋深惜重阳。
北风无情凉杯盏，落叶有意过红墙。
明朝西域知音少，今宵酒中话语长。
京城一夜异乡梦，临行相别思茫茫。

2009 年 10 月 26 日

晚　秋

树瘦更觉秋风凉，忍看落叶披寒霜。
莫听秋虫鸣悲苦，还向路边觅菊香。

2009 年 11 月

虎年春节

牛耕沃野梅香飘，虎啸青山弄春潮。
瑞雪有意绘锦绣，春风化雨看今朝。

2010 年 2 月 14 日

庚寅元宵即感

虎啸青山春来早，梅恋枝头残雪消。
云雨无情遮明月，春风有意上柳梢。
千树火花开长夜，满城风流闹元宵。
天南海北共此时，大河上下江山娇。

2010年2月28日

二月二龙抬头

一夜东风生野草，三声春雷震九霄。
桃红初露含苞放，杨柳正绿万千条。
人欢马叫忙耕耘，天南海北闹春潮。
二月初二龙抬头，中原崛起看今朝。

2010年3月17日

庆五一

自从盘古开天地，劳动人民志不移。
可上九天揽明月，敢下四海探水底。
辛勤绘出山河秀，创新谱写天下奇。
耕耘方有幸福日，当洒汗水庆五一。

2010 年 5 月 1 日

谒包公祠

肃然谒包公，乐哉沐清风。
千古浩气存，日月光辉增。
公正行直道，利刃斩顽凶。
今我何所悟？报国添忠情。

2010 年 5 月

论　书

书海有边学无涯，文章千秋字生花。
乾坤风云方寸收，君子有悟自芳华。

2010 年 5 月

论　画

画中风景本无心，泼墨传神方有魂。
只因笔端活水来，有声有色可乱真。

2010 年 5 月

立夏致友人

莫叹春去残红碎，寒暑易节非人为。
落英来年仍作花，桃李深秋更明媚。
苍天难留春常在，绿肥红瘦画亦美。
人生何为物喜忧，临窗闲看轻风吹。

2010 年 5 月

无　题

独立寒秋看行云，闲步庭院闻鸟音。
金菊不争群芳艳，笑迎落叶胜似春。

2010 年 10 月 7 日

秋 韵

一夜秋风半树黄，山瘦水清野茫茫。
天高云淡鸟飞远，斑斓霜花诗韵长。

2010 年 10 月 14 日

重阳节有感

秋风细雨何茫茫，草木正染万里霜。
金菊恰圆重阳梦，老树堪耐西风凉。
人过中年重秋日，诗吟枯叶也芬芳。
酒醉更觉今日好，还借茱萸思故乡。

2010 年 10 月 16 日

送别友人遇秋风大作即吟

昨夜秋风起，更比去年疾。
落叶恨悠悠，星冷共凄凄。
寒窗惊飞鸟，残月映晨曦。
镜前白发生，不忍说别离。

2010 年 10 月 25 日

辛卯春节有感

福虎辞岁仰天啸，玉兔迎春歌九霄。
爆竹唤醒万物新，灯笼引来梅香飘。
千里沃野着绿意，大河上下荡歌潮。
神州大地宏图展，日新月异看今朝。

2011 年 2 月 2 日

辛卯中秋感怀

硕果累累又中秋，团圆歌里庆丰收。
枯叶欲辞门前树，野菊初绽阡陌头。
天高方显日月好，云淡更闻鸟声稠。
豪华落尽知淡定，人到中年乐悠悠。

2011年9月12日

谒汉高祖雕像

高祖又回汉兴源，大风再起芒砀山。
落叶横飞也悲壮，英雄仿佛说当年。
斩蛇辟开帝业路，起义谱写解民篇。
一代天骄自有论，汉室文明代代传。

2011年9月15日

观花瓶即题

日月风云一瓶收，美不惊人誓不休。
腹中自有经纶在，淡定自若看春秋。

2011 年 10 月 24 日

元旦即吟

旧岁凯歌满乾坤，新年祝福喜迎门。
曙光最是今日好，一元复始气象新。

2012 年 1 月 1 日

龙年春节即吟

玉兔踏雪辞旧岁，金龙舞云迎春回。
天地最喜龙年好，龙行盛世好腾飞。

2012 年 1 月 23 日

京剧《于成龙》观后

傲骨铮铮为大清，百姓时刻放心中。
为民不惜辞桂冠，做官当以廉为荣。
一身正气撼天地，两袖清风富人生。
芳名悠悠三百载，今朝一闻仍涕零。

2012 年 1 月

题杜甫塑像

弯腰驼背一老翁，满目沧桑看秋风。
背后双手诗书旧，胸前衣襟泪涕零。
忧国忍看山河在，怜民常吟卖炭翁。
英魂不朽诲来者，日月昭昭千古名。

2012 年 3 月 1 日

走进杜甫故居

春风初绿笔架山，细雨有情润故园。
草木新芽忆往事，窑洞旧壁记流年。
再读诗圣忧国句，更觉我辈文章浅。
人生易老诗未老，光照一千三百年。

注：时逢纪念诗圣杜甫诞生1300周年，参观杜甫故居而作。

2012年3月1日

《警钟长鸣》读后感

党的宗旨记心间，人民利益大于天。
为政须以民为本，做官务必保清廉。
切勿以权谋私利，常念为民用好权。
法纪操守应牢记，人生旅途方平坦。

2012年3月9日

晨起忆故人

晨起犹忆昨夜梦，推窗欲寻枕边情。
枝头喜鹊旧时客，门前海棠今日风。
不见月下对饮人，尚有酒香醉魂灵。
花落已随故人去，留得芳香伴人生。

2012年4月17日

咏春诗（七首）

春　花

花开花落各不同，新枝绿叶又一生。
春色总是年年有，莫向风雨叹落英。

春　雷

春雷滚滚唱大风，惊天动地裂长空。
摧枯拉朽寒凉去，改天换地百花红。

春　风

一年一度春风来，花开更让心扉开。
可怜日月春光短，梦里不忍看花衰。

春　雨

一场好雨一层绿，四野普奏春潮曲。
润物无声花有声，桃李树下听诗语。

春　夜

清风入窗暗香动，明月照梦听蛙声。
昨夜小园花几枝，今朝天地霞更红。

春　耕

一年之计在于春，老牛铁牛忙耕耘。
春风春雨好播种，布谷正催农家人。

送　春

落花应留春色痕，小园红残绿更深。
夜来风雨难入梦，灯下赋诗寄芳心。
小杏如玉不忍看，喜鹊悠声也懒闻。
四时有序何悲伤，多情总是易断魂。

2012年4月12日

如愿转岗即吐

年近花甲又转岗，叶落归根回故乡。
今离省城别闹市，还向旧园觅风光。
报国长恨春秋短，尽孝但愿天地长。
人生最喜心如愿，何虑名利与官场。

2012年4月29日

散步偶得

闲来漫步庭院中，放下烦恼踏春风。
哪来花香沁心脾，偶闻惊鸟三两声。
月光如水洗夜色，老树新枝摇疏影。
留得今宵光阴在，何必尘外学陶公。

2012 年 4 月

从省直调回家乡即感

人近甲子感悟多，回首岁月几蹉跎。
身在红尘常忧天，心系名利难忘我。
常说明白未明白，真道糊涂也清楚。
归鸟不再凌云志，梦里长愧空报国。

注：归鸟，意指自己，已从郑州调回家乡工作。

2012 年 4 月

五一抒怀

五一是个好日子，正是一年春好时。
姹紫嫣红绿也肥，景色如绣谁来织？
勤劳人民多智慧，敢教乾坤春去迟。
留得芳香在我心，花开花落总有诗。

2012 年 5 月 1 日

转岗次日乘机赴京途中

梦归故里心事成，昨日转岗今赴京。
情系家乡田园绿，喜看锦绣万千重。
心随雄鹰穿云雾，魂游太空傲清风。
青春曾有凌云志，花甲未迟报江东。

2012 年 5 月 20 日

乘动车组见闻

此起彼伏手机响，天南海北话短长。
四川小妹软语甜，河南汉子笑声朗。
此站迎来下站客，我方唱罢你登场。
人生也如旅途事，起点终点各一方。

2012 年 5 月 23 日

茶悟（四首）

一

本是山野一草木，历尽磨难进茗壶。
身价有变魂不变，芳香仍留命中苦。
若能品出苦中味，方可悟得道何出。
茶香禅意洗我心，达观天下看云舒。

二

生在深山云雾中，风吹雨打傲苍穹。
只缘今朝入茶座，因此清趣藏深情。
墨客拈来入诗画，君子举杯会友朋。
绿茶红茶各有道，仁者智者味不同。

三

舀来黄河水一壶，且与时光一起煮。

煮尽春秋煮醒梦，日子越煮越幸福。

一杯清茶映日月，几味人生入肺腑。

常烦街头看闹市，何如茶中品孤独。

四

茶香在人品，此物亦有魂。

须论饮者道，勿以贵贱分。

杯中映日月，滴水藏光阴。

味淡年华逝，心高长精神。

2012 年 5 月

贺神九

神九升太空，举国齐欢腾。

奔走相愉悦，瞩目指苍穹。

今揽九天月，再摘银河星。

长我中华志，鹏举万里程。

2012 年 6 月 16 日

久旱逢雨即言

茫茫大平原，枯草欲生烟。
昨夜降甘霖，梦醒不能眠。
推窗听雨声，临风忆田园。
遥想农夫泪，不忍看清泉。

2012年6月30日

秋雨吟

横枝摇梦烟朦胧，落叶挥泪去匆匆。
草枯菊荣皆着意，秋风秋雨总关情。

2012年10月30日

初　春

乍暖还寒春意浅，老枝新芽初醒眠。
残梅暗香魂销尽，探春已到花满园。

2013 年 2 月

题青花瓷瓶

玉树青花本无根，腹中虽空藏经纶。
为诉衷情常开口，欲向人间觅知音。

2013 年 3 月 22 日

夜读偶得

枕边书卷伴孤灯，窗外疏影弄多情。
引来春雨潜入夜，润我禅心入诗中。

2013 年 4 月 10 日

六十生日即感（二首）

一

甲子今生有几回，且将陈酒独酌杯。
曾经往事烟云过，梦追白驹秋风吹。
藏书高阁愧少读，青春易逝难复归。
相逢盛世悲白发，余年莫负日月辉。

二

六十回首看人生，一路无非阴和晴。
风雨励出凌云志，日月照耀前程明。
做人敢从心底问，为官只求正气清。
名利场里求糊涂，常观云舒入画屏。

2013 年 4 月

立夏逢雨

喜雨逢立夏，知时乐农家。
田间耕耘忙，房前闲听蛙。
归燕衔新泥，布谷催种瓜。
四月春风去，梦里仍看花。

2013 年 5 月 5 日

寄友人

行路何惧脚下坎，登高自觉天地宽。
厚德如土可载物，好人岁岁享平安。

2013 年 8 月 7 日

题兵马俑

八千将士阵势威，冤做秦皇地下鬼。
有幸今朝露真容，任凭游客论是非。

2013 年 10 月 6 日

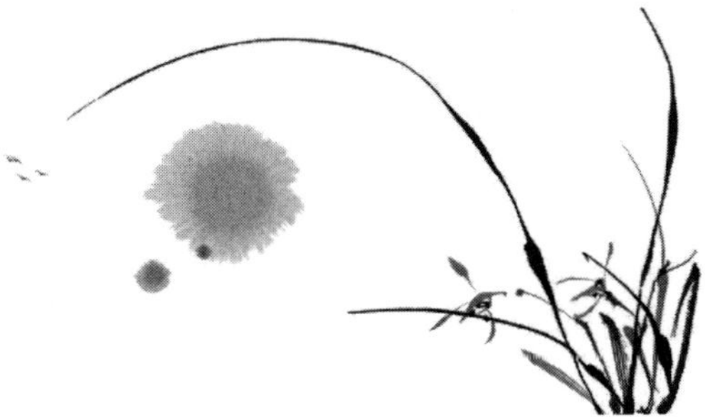

谒始皇墓

骊山霸气存，渭水仍悠悠。
当年敌六国，如今一荒丘。
可怜帝王土，只作后人游。
不堪看陶俑，述说万古愁。

2013 年 10 月 6 日

闲　思

生活难得心平静，烦恼如贼影子行。
日出而作日落息，几时糊涂几时清。
功名利禄难放下，喜怒哀乐各是情。
曾想大度观天下，无奈纷纷尘事萦。

2013 年 10 月

秋天咏叹调

千山林木瘦，万里果飘香。
云淡天高远，草枯地苍茫。
寒暑自有序，落叶也风光。
人生重秋日，收获满庭堂。

2013 年 10 月

晚秋咏

大野茫茫草木稀，细雨绵绵无穷期。
寥廓江天菊香远，霜凝枯枝西风急。
南雁高天归乡去，老牛夕阳更奋蹄。
落叶归根还护根，不惜粉身化为泥。

2013 年 11 月

观崔国荣先生竹叶体书法有感

卷轴一展气象生，行云流水豁然明。
墨香淡淡见飘逸，翠叶栩栩拂清风。
独创一体笔意高，博采众长自然成。
胸有成竹字如竹，一点一横总传情。

2013 年 12 月

马年歌马

一马当先喜迎春，万马奔腾气象新。
马不停蹄送吉祥，快马加鞭追福音。
人欢马叫今如昨，龙马精神昨如今。
天马行空创大业，马到成功定乾坤。

2014 年 1 月 31 日

马年立春恰逢大雪即感

马踏瑞雪呈吉祥，放眼山河披银装。
春来总让人间乐，梨花共与梅花香。

2014 年立春日

初春逢雨即作

云帘低垂天地倾，雾锁田野烟朦胧。
春风习习绿杨柳，细雨微微润无声。
草色遥看浅浅绿，桃枝初染点点红。
年年花开花相似，岁岁春来春不同。

2014 年 2 月 28 日

电影《焦裕禄》观后

公仆榜样焦裕禄，英雄事迹感肺腑。
斗地敢叫沙丘变，战天何惧风雨殊。
鞠躬尽瘁创伟业，呕心为民谋幸福。
精神昭昭比日月，激励后人垂千古。

2014年2月28日

电影《周恩来的四个昼夜》观后感

人民群众是江山，总理人民心相连。
位高心系民间苦，百姓之事大于天。
田间地头查实情，走村入户问寒暖。
一言一行感肺腑，春风化雨润心田。
四个昼夜见敬业，忧国忧民少入眠。
鱼水相依情意重，临行送别泪潸潸。
忠心耿耿公仆怀，铁骨铮铮清风廉。
思想光辉耀千秋，英名永存天地间。

2014年3月6日

进京逢霾偶感

楼高街宽气势宏，云垂霾绕雾朦胧。
春风微雨虽柔软，桃花人面尽愁容。
杨柳隐隐鸟翅短，车轮滚滚行人匆。
愿借春风长空舞，一扫尘埃玉宇清。

2014 年 3 月 26 日

回忆录（十首）

一

常忆最苦是年少，食难果腹曾乞讨。
三年灾害雪上霜，七岁生命险未夭。
一日难得一两米，三餐全靠野菜糕。
民生岂可炊烟短，以食为天当记牢。

二

小学毕业遇“文革”，南北串联也逐波。
校内校外课堂大，半耕半读趣事多。
教育回潮实可幸，高中苦读似饥渴。
难忘十年光阴暗，枉我岁月几蹉跎。

三

两年躬耕爱沃土，玉米育种学技术。
草木稼禾伴我梦，鸡鸭牛羊也同途。
日挑大粪两百桶，夜品孤独一本书。
汗水滴滴润田园，至今忆起仍幸福。

四

时来运转谢苍天，二十二岁返校园。
耕耘桃李讲台阔，俯首孺子陋室间。
才疏学浅心有愧，以勤补拙常自勉。
三人共享一份酬，利禄虽薄日子安。

五

高招改革开新篇，龙门鲤鱼竞海川。
寒窗四年大学梦，苦读百家中文专。
闻鸡晨读常早醒，挑灯夜练未曾眠。
身卑岂敢鸿鹄志，唯愿展翅向蓝天。

六

大学毕业到基层，广阔天地任驰骋。
走村入户乡野间，摸爬滚打群众中。
包村驻队察民意，催粮派款炼作风。
乡亲视我如亲人，至今梦里忆房东。

七

四年供职地委办，服务宗旨记心间。
夜以继日爬格子，爱岗敬业披肝胆。

领导关怀教诲多，同事帮助信心坚。
以苦为荣苦也乐，虽是忙碌总甘甜。

八

南北转战十二年，曾做三县七品官。
愿将热血春秋洒，初涉仕途步子艰。
笃学实干重修养，勤政廉政慎用权。
功过是非任评说，何论酸辣和苦甜。

九

天中信阳九年整，三易岗位职未升。
勤政付出血汗多，清廉可谓两袖风。
坚定理想为报国，牢记宗旨惠民生。
回首两地风雨路，三分坎坷七分平。

十

年过天命到人防，职务有升差不忙。
防空洞里讲战争，应急事中学国防。
地方军队双重管，能文能武本领长。
胡总书记曾接见，全国争先创辉煌。

2014 年 4 月

春日夜读书

春风有意入门户，花香袭人心自如。
夜深品淡一杯茶，灯下读薄两本书。
文中气象任游览，心底甘泉自涌出。
人生易老烟云过，长存精神作画图。

2014年5月2日

做　人

人生在世难做人，雾里看花众纷纭。
难得糊涂求糊涂，心系红尘怨红尘。
诚诚恳恳德为上，堂堂正正品自真。
问心无愧对天地，天下谁人不识君。

2014年5月16日

做　官

做官为民慎用权，公仆位置不能偏。
清正为心廉为本，功名可求不可贪。

2014年5月16日

做　事

善做善成是本领，做人需练做事功。
能做大事成大业，乐做小事是德行。
常做好事积大善，一生做事自成名。
做事贵为他人做，无私奉献方英雄。

2014年5月

修　德

做人为官德为先，修身养性重实践。
朴诚方正品行好，与人为善福气添。
乐观豁达看是非，光明磊落心自宽。
三省吾身守情操，厚德载物可延年。

2014 年 5 月

赞反腐

庙堂高瞻看沧桑，反腐倡廉系兴亡。
老虎苍蝇一起打，治标治本放眼量。
约束权力装笼子，健全制度织法网。
害群之马一扫净，清风正气可安邦。

2014 年 5 月

崇　廉

君子为官当崇廉，贪心不除起祸端。
执政为民责任重，慎思律己权利关。
财色祸福日三省，公正清明常自勉。
心存敬畏荣辱知，遵纪守法方平安。

2014 年 5 月

六一闲思

老夫六一生童心，诗情壮我白发人。
闲读常有庄子梦，心静可闻世外音。
人生易逝如流水，功名身外乃浮云。
万事只作鸿毛看，能容天下是胸襟。

2014 年 6 月 1 日

端阳悼屈原

屈子千古魂未消，楚水有恨常滔滔。
浩气如虹敢问天，悲愤难平赋离骚。
朝饮兰露丹心静，夕餐落英热血烧。
端阳追古思悠悠，代代年年情未了。

2014 年 6 月 1 日

笼中金丝猴

金丝锦衣裹金身，似曾相识看来人。
望穿秋水难一笑，过客匆匆无知音。

2014 年 6 月 27 日

自 遣

情若闲云自在游，不耐寂寞向街头。
半巷西风夕阳好，一片落叶满眼秋。
欲学李杜赋小诗，常与老友酌陈酒。
余生何为享乐事？读罢水浒读红楼。

2014 年 9 月

夜 读

明灯陋室黑暗逐，夜深人静好读书。
开卷似有清风来，字里可见春秋图。
窗外月色催人眠，庭前兰香入诗骨。
独品三更书薄时，甘泉涌自心底出。

2014 年 9 月

庆祝人民政协成立六十五周年

六十五年辉煌程，同舟共济风雨行。
中共领导指方向，多党合作唱大风。
三项职能履行好，团结民主旗帜明。
汇贤凝聚正能量，助推发展惠民生。

2014 年 9 月

甲午九月十五观月食即作

十五未见蟾宫圆，繁星伤神皆黯然。
吴刚捧酒何处去，嫦娥起舞倩影远。
思念此时难望月，寄情天涯无婵娟。
莫非人老天亦老，今宵玉宇变苍颜。

2014 年 10 月

深秋降暴雨有感

倾盆暴雨降深秋，四野汪洋遍地流。
可喜河满兴水利，无奈农夫困丰收。
夏汛干旱秋雨狂，寒暑无序世人忧。
莫怨天公乱作为，环境恶化人自咎。

2014 年 11 月

雨中散步得句

浓雾缠绕细雨霏，秋枝深怜枯叶飞。
行人皆随岁月去，苍天垂泪徒伤悲。

2014 年 10 月

2015年元旦即感

年年元旦到如今，今年元旦气象新。
清风习习送祝福，信息频频传好音。
天涯海角共佳节，亲朋好友同欢欣。
回首昨日捷报传，展望未来更精神。

2015年1月1日

春节即临慰问贫困户见闻

正是隆冬寒风紧，春节即临看乡亲。
走进茅舍问温饱，躬身床前慰病人。
一手老茧传深情，三声谢意动我心。
归来反思公仆怀，为民还须信仰真。

2015年1月

羊年春节即感

马踏瑞雪渐去远，羊乘祥云迎新年。
爆竹萦耳春雷动，烟花流彩不夜天。
佳节丽人花伴酒，千家万户乐团圆。
八方信息祝福多，欢声笑语满人间。

2015 年 2 月 19 日

晨起偶得

鸟语唤醒枕上梦，半榻晨光半榻风。
一帘朝霞作诗读，满院春光入画中。

2015 年 3 月

无题（二首）

一

老来无求偏爱诗，初悟沧桑见事迟。
人间天涯知音少，书中方寸有我师。
夜望星空月寂寥，昼观风云人独思。
闲愁随影挥不去，伤感偏遇花落时。

二

无忧无虑多闲情，看书品茶润心灵。
匆匆岁月似流水，茫茫往事如梦空。
都说名利身外事，未见世间几人清。
庸碌奔波半生去，难得糊涂也朦胧。

2015 年 5 月

夏日偶感

草木葳蕤绿意浓，烈日炎炎生热风。
堂前旧巢与燕语，窗外高枝听蝉鸣。
日出常烦街头醉，暮归独饮小楼中。
寒来暑往皆入画，春夏秋冬各不同。

2015 年 5 月

观缸中鱼

醉戏缸水梦何长，度尽春秋情未央。
今生空有波涛志，苦愁作乐供观赏。

2015 年 6 月

读聂绀弩旧体诗有感

读风读雨读流云，春秋入笔抒胸襟。
新酒旧瓶恰如意，长情短恨皆诗魂。
学习李杜文章好，信仰马列主义真。
岁月深处风雷动，字里行间见精神。

注：聂绀弩，1903 年 1 月生，湖北省京山县人，著名作家、诗人、古典文学研究家。1934 年加入中国共产党，曾任人民文学出版社副总编辑兼古典部主任。新酒旧瓶，意指聂绀弩旧体诗古为今用，推陈出新，新旧结合恰到好处。

2015 年 8 月

秋情吟（组诗）

秋　风

席卷落叶战犹酣，横扫尘埃总向前。

玉宇澄清天地阔，雁乘秋风归故园。

秋　雨

茫茫田野云雾深，绵绵细雨天地沉。

草木横陈多愁绪，忍看落叶泪湿襟。

秋　山

一夜秋风草木瘦，万壑落叶山色空。

菊香天边随云去，春花不比霜叶红。

秋　阳

天高云淡说秋阳，地老霜叶似春光。

朝霞飞处草木熟，落辉满地果飘香。

秋　月

寂寞嫦娥出宫闱，借与西风舞清辉。

瘦枝横摇光影冷，鸣虫当引梦魂归。

秋　水

总爱秋水似丽人，处处秋水处处魂。

常看飞雁留倩影，梦里西湖钓锦鳞。

秋　夜

秋风入梦枕上凉，枯叶疏影摇寒窗。

夜深独怜月色好，且与虫吟说愁肠。

秋　野

喜看稻谷金浪滚，天流白云地流金。
秋风又唱丰收歌，沃野不负耕田人。

秋　叶

秋风吹尽看年华，霜叶斑斓亦如花。
寒来暑往自风景，诗意晚霞胜朝霞。

2015 年 10 月

秋夜漫步

西风星月冷，灯火楼宇明。
叶落离别意，韵押虫鸣声。
桂香偏知己，路人似曾经。
心静喧嚣远，闲步量人生。

2015 年 10 月

夜半闻风雨即作

昨日秋风长，入夜更疯狂。
卧听檐滴水，醒来残梦凉。
寒枝弄疏影，落叶敲雨窗。
老夫无烦恼，相扰也安床。

2015 年 11 月

冬日有感

隆冬西风看云卷，流水渐短冰鉴天。
雾霾霭霭笼四野，青山隐隐暗无边。
梅花含苞枝头瘦，鸦声喑哑巢边寒。
我劝天公当有序，唤来雨雪润人间。

2015 年 12 月

观李国恩先生毛体书法有感

宗功笔法一脉承，字里行间生雄风。
横流滚滚长江水，竖劈飒飒泰山风。
墨香四溢展风骨，大气磅礴腾飞龙。
毛体书法蕴大志，应思伟人千秋功。

2015 年 12 月

赏毛国典书法即感

斗尺卷轴展风云，胸怀四海笔传神。
一点一横日月照，一撇一捺人间魂。
纸上墨香透风骨，字里行间有精神。
厚古通今国之典，德高艺精堪双馨。

2016 年 1 月 11 日

丙申正月十五观月寄友人

往事烟云几春秋，同舟共济勇击流。
志同道合肝胆照，携手并肩事业求。
放眼未来路亦远，梦幻人生志当酬。
只是今宵玉兔暗，暂借老酒浇旧愁。

2016 年 2 月 22 日

春夜咏月

花前惜红瘦，浅夜月如钩。
明知相思苦，偏说人长久。
花落流水去，星稀嫦娥愁。
岁月几蹉跎，天地自悠悠。

2016 年 3 月

敬杨绛

海阔天空凌云志，书香茶禅平淡心。
厚德载物堪君子，精神长存励后人。

2016 年 5 月 29 日

观　海

涛声有恨常怒吼，浪花多情竞自由。
载舟覆舟无常道，日月入怀百川收。

2016 年 5 月

春日月夜寄友人

春夜露深梦亦深，月色染香遇知音。
难借清风近嫦娥，且赋小诗寄友人。

2016 年 5 月

纪念建党九十五周年

南湖云涌红旗飘，人间沧桑日月昭。
斧头劈出光明路，镰刀割除万般妖。
星火燎原乾坤转，雄鸡一唱红日骄。
披荆斩棘九五载，华夏复兴看今朝。

2016年6月29日

静　思

乾坤浩荡岁月深，人生飘忽似烟云。
阳光风雨皆作乐，何为春秋枉销魂？

2016年6月

无　题

发从今日白，花无日日红。
何须悲零落，春秋自有成。

2016 年 6 月

读李新中诗即感

每读李君诗，常悟儒雅意。
语有千斤重，字字见珠玑。
心胸总壮阔，山水也飘逸。
虽临黄昏晚，处处春消息。

2016 年 6 月

读友写六世达赖诗感而得之

本可成佛偏转身，不羡天伦羡人伦。
善心曾度众生苦，柔情只为意中人。
何惜身后千古名，唯求真爱万年春。
誓做来世比翼鸟，生命可尽缘未尽。

2016 年 6 月

读李家平诗即感

风雅博采通古今，素心真情铸诗魂。
婉约不失豪放骨，深幽更有意境新。
笔走风雨皆自然，去尽豪华见真淳。
破得万卷妙语出，字里行间藏精神。

2016 年 7 月 13 日

农历六月初六观月有感

初六新月尚如钩，钓尽人间情和愁。
阴晴圆缺路漫漫，相望相知思悠悠。

2016 年 7 月

题不透明的杯子

虚光幻影掩其身，腹中何物难辨分。
污浊清新谁识得？只待慧眼举杯人。

2016 年 7 月

看鹦鹉园

双翅本应凌九霄，进园入笼志徒劳。
学舌惹得游人醉，梦里空有日月高。

2016 年 7 月

七夕即感

一年一度七夕日，相见亦是相别时。
岁月最是相思苦，泪成银河千古诗。

2016 年七夕节

入　秋

半晌新雨去暑气，一夜西风送清凉。
草虫有意吟秋诗，落叶无情诉沧桑。

2016 年 8 月 15 日

浇花得句

静观兰草梦幻生，浇水护花几多情。
相视无语心有语，此时无声胜有声。

2016 年 8 月 18 日

闲吟（二首）

一

岁月何长人生短，谁见沧海变桑田。
红尘之外尘埃净，禅意无边心无边。

二

春秋百载刹那间，人生一世若等闲。
身在红尘无红尘，半是凡人半是仙。

2016 年 8 月

闲　思

淡然笑对风雨过，酸辣苦甜总是乐。
昼观云卷寄飞鸟，夜望星移思嫦娥。
曾想佛前拜有应，长恨梦里求不得。
天地悠悠何所去，且学李杜漫放歌。

2016 年 8 月

《白蛇传》观后

峨眉修得天上仙，西湖喜遇人间缘。
相爱贵有真情在，虽为异类也缠绵。
法海施道道无情，白蛇含恨恨无边。
雷峰塔下魂何去？只待来生明月圆。

2016 年 9 月

晨　读

一本诗书半壶茶，孤影幽梦伴兰花。
秋风解我寂寞意，窗前徘徊送朝霞。

2016 年 9 月

周末即题

身自轻灵心自空，孤影书香陋室中。
茶味禅意润魂魄，何论春夏与秋冬。

2016 年 10 月

秋　思

入秋多凉意，天高云淡时。
落叶有新愁，虫声吟旧诗。
人生中年好，岁月秋日实。
寒暑自有序，何必悲白丝。

2016 年 10 月

交　友

天地苍茫何悠悠，坎坷人生风雨稠。
相逢未必曾相识，陌路相遇皆缘由。
几人同行几人去，不忘旧友交新友。
交友自有交友道，误上贼船罪自咎。
识人识面不识心，看情看义看日久。
酒肉朋友有俗气，言而无信不可求。
华而不实伪君子，见利忘义下九流。
朴诚方正心为本，上善若水仁作舟。
德厚义举真情谊，志同道合共携手。
高山流水知音少，缘分还靠自己修。
广结善缘走天下，潇潇洒洒写春秋。

2016 年 11 月

冬日拾韵

疑是春风捎信来，庭前兰草动风采。
心随壶水润尘泥，唯待明朝花颜开。

2016 年 11 月

平安夜随吟

平安夜里人未眠，书香如酒意正酣。
孤愁尽作枕边梦，淡茶恰伴庭前兰。
悟得诗魂心自醉，静致神闲寿延年。
条条微信与君读，万般祝福共平安！

2016 年平安夜

题黄河母亲塑像

日月流水黄河魂，阳光雨露天下尊。
我辈当报三春晖，无愧万古慈母心。

2017 年 2 月 19 日

谒莫高窟

读窟读壁读经纶，见佛见性见尘心。
因果依然苍生度，千年莫高万古魂。

2017 年 2 月 21 日

登嘉峪关城楼感赋

雄关三重界西天，似闻马蹄仍当年。
气吞祁连陇云低，势夺黑山秦树连。
残垣绵延通今古，大漠苍茫迷望眼。
崤函春秋俱往矣，而今迈步无险关。

2017 年 2 月 21 日

春日品茶

收来新雨煮新茶，品出诗意赋年华。
等闲春秋烟云过，禅心无边向天涯。

2017年4月18日

深夜闻雨

窗含疏影雨声急，巷醉凉夜灯火稀。
洗净乾坤洗醒梦，人生春秋更旖旎。

2017年5月

乘机往海口途中随记（二首）

一

自在祥云生幻境，茫然红尘皆为零。
心近玉宫仙欲我，不尽日月九天情。

二

云卷云舒云悠然，天外天高天无边。
禅心了却红尘事，还我人生三百年。

2017 年 7 月

生活歌

日出日落过生活，乐哉忧兮何其多。
乾坤为室风做伴，新雨煮茶月对酌。
酸甜苦辣人生路，阴晴圆缺四季歌。
欢乐作酒诗作饭，笑对春秋看山河。

2017 年 8 月

桂花咏

雁鸣西风秋光好，虫吟冷月桂香飘。
花似往年人非昨，尘梦忧乐魂昭昭。

2017 年 8 月

三峡归来

涛声依旧云依旧，诗情满怀风满舟。
巫山云雨朦胧意，白帝彩云梦幻幽。
神闲气静凭禅定，波涌鱼戏随意流。
归来犹忆三峡客，心向五湖任自由。

2017 年 8 月

卷二

游茶乡

百里茶乡绿乾坤，野陌花草欲迷人。
低云飘洒山中雾，雷雨奋扫人间尘。
蛙鸣乡野歌农家，鹤立田畴望黄昏。
细品茗香其中味，杯影水光鉴秋春。

2008年6月20日

九华山感悟

九华佛国第一山，阴阳远近象万千。
山高更觉峡谷幽，秋风正吹层林染。
高僧真身今犹昨，我辈无魂苦亦难。
圆梦何须叩首拜，功夫到时自有缘。

2008年11月21日

登黄山

峰回路转入云端，黄公昂首敢问天。
云海波涌多奇象，青山霞绕成大观。
迎客松下游人醉，光明顶上百花鲜。
山如龙虎欲奋起，日月同辉耀宇寰。

注：是日登光明顶上，见日月同辉。

2008年11月22日

咏宏村

青山绿水抱宏村，人杰地灵文化魂。
问君领悟几多许，泉流日月入我心。

注：宏村，在安徽省黄山脚下。

2008年11月23日

临黄河有感

临黄河瞻仰当年毛主席视察黄河处，随之游嘉应观，立黄河岸边，欣然草之。

河神宗祠嘉应观，空留佳话在人间。
毛公笑谈黄河事，患水九曲波涛安。
古往风流浪淘沙，今来豪杰帆正悬。
恩泽苍生千古颂，涛声不老恰少年。

注：嘉应观是我国历史上唯一记述治黄史的庙观，也是河南省保存最完好、规模最宏大的清代建筑群，文化内涵丰富，是黄河文化的代表之一。毛主席视察黄河时指出：“要把黄河的事情办好。”

2009 年 4 月 26 日

品味宝天曼

千回百转伴行云，山重水复欲迷人。
千仞青翠飞鸟远，百里画廊天地新。
伏牛奋蹄跃千里，种山种水正耕耘。
欲知宝天真面目，读懂山水识乾坤。

注：宝天曼，属伏牛山脉，在河南省南阳市境内。

2009 年 6 月 11 日

山中晨起

游伏牛山宝天曼，夜宿山中。晨起阳光初照，鸟鸣四起，流水潺潺，心旷神怡，遂成此诗。

霞光染峰顶，山中似半晴。
林木阴阳别，流水琴曲鸣。
人行伴幽香，鸟歌动风声。
仰天白云去，顿生尘外情。

2009 年 6 月 11 日

登嵩县白云山

高路九曲入云端，驱车扶摇十八盘。
重峦叠嶂龙虎跃，千沟万壑云雾卷。
宫中玉皇指迷津，峡谷飞瀑震九天。
松涛深处雄风起，人到顶峰胸自宽。

2009 年 6 月 12 日

雨中看太行山五龙口

五龙腾飞出太行，群峰吐雾雨茫茫。
仰叹壁立千仞秀，遥望绝顶云中藏。
猕猴啼声知我意，游客灵犀共徜徉。
桃都山上金鸡舞，香岩寺里佛经长。

注：太行山五龙口，在河南省济源市境内。

2009年6月18日

禹州行

2009年6月25日驱车前往“三都”（夏都、瓷都、药都）禹州调研人防工作。是日，烈日炎炎，气温高达40℃以上，下午参观钧瓷博物馆和钧瓷窑址，有感赋之。

六月流火热浪滚，正堪三都炼瓷魂。
唐宋神垕今何是，繁华更比当年真。
五瓷竞秀钧为冠，千变万化形有神。
借问匠人炉中意，劝君解读禹州人。

2009年6月25日

乘机赴西宁途中

乘机赴西宁参会，时值下午八时许，于高空观云海，赏夕阳，心旷神怡。人乎？仙乎？有感记之。

云海翻巨浪，西天衔夕阳。
忽卷千堆雪，又见峦叠嶂。
晚霞共月辉，云雾生紫光。
高空胸怀阔，仙客在天堂。

2009 年 7 月 29 日

雨中观青海湖

海水生湖中，浩瀚波无惊。
轻风携细雨，低云舞青龙。
空中鸟竞飞，绿野石共生。
游人乘风去，欲仙悠然行。

2009 年 7 月 30 日

走进坎布拉地质公园

游青海坎布拉地质公园，看地质玄妙，观怪山奇形，自然造化令人深思难解，唯叹沧桑巨变，尽赏江山秀美，赋诗以记之。

城堡映丹霞，楼宇竞百态。
红墙玄机藏，门户依次开。
唯见飞鹰去，不闻人语来。
石翁指点处，江山壮我怀。

2009 年 8 月 1 日

陈州记忆

伏羲画卦天地开，悠悠陈州几千载。
水浮城池生紫气，天接龙湖望烟海。
菁菁蒲苇摇婀娜，袅袅荷花竞百态。
百姓不解弦歌事，谁人识得八卦台。

注：陈州，即今河南省淮阳县，古时为陈州。

2009 年 8 月 6 日

游重渡沟

天地云雾浓，青山意朦胧。
百步飞银瀑，十里奏琴鸣。
秋深原野阔，叶落山色空。
归做农家客，把酒话此行。

注：重渡沟，属伏牛山脉，在河南省栾川县境内。

2009年10月11日

尼亚加拉大瀑布

满城秋色花意浓，一树枫叶半树红。
银瀑溅起千堆雪，碧水奔涌两龙腾。
十里涛声冲霄汉，两岸飞雨雾晴空。
乾坤秀美多少处，这边风景独不同。

2009年10月28日

从纽约至华盛顿途中

2009年10月26日至11月4日赴美加考察学习应急管理及地下空间开发等。其间从纽约经费城至华盛顿，一路驱车于秋色尽染的丛林原野中，沿路风景美不胜收，有感赋之。

十月霜叶胜春花，千树万树落彩霞。
莫怜风景转眼过，前方更比身后佳。
原野千里无耕事，飞鸟巢边有人家。
正道眼前风光好，驱车已近白宫塔。

2009年10月29日

拉斯维加斯之夜

万紫融千红，沙漠落繁星。
人行辉煌下，车流银河中。
无处不笑语，八方闻歌声。
一街金钱事，满城浪漫情。

2009年11月1日

乘飞机往北京途中

地上雨纷纷，空中气象新。
刹那远尘嚣，转眼穿层云。
正叹云似海，又见山成林。
天堂何处是？此处最宜人。

2010 年 4 月 20 日

泛舟陆浑水库

伏牛踏破万重山，俯首正饮陆浑泉。
白浪花里银鱼跃，泛舟划破水中天。

注：伏牛，指伏牛山脉。陆浑水库因生产大银鱼而著名，是河南省最大的银鱼生产基地。

2010 年 6 月 5 日

游氧吧林

半山生佳境，天然氧吧林。
松涛因风起，旱莲掩草深。
尘去流云轻，鸟鸣清音闻。
魂灵可安放，悠悠醉人心。

2010 年 6 月 6 日

看开封繁塔

帝王梁园风依旧，繁塔往事付东流。
光阴有痕容颜老，一砖一瓦记春秋。

2010 年 6 月 9 日

舞钢吟

青山秀水三两重，北国江南舞钢城。
二郎挑山赶太阳，伏牛奋蹄展雄风。
石漫滩里看鱼跃，密林深处听蛙声。
风霜雨雪皆入画，远近高低各不同。

注：河南省舞钢市境内有二郎山，“二郎担山撵太阳”的传说源于此地。

2010年7月14日

走太行山大峡谷

一座山峰十道弯，几处瀑布几处潭。
两壁青山千仞立，九霄白云一线天。
雄狮沐水朝天歌，青龙欲飞向人寰。
走出太行看太行，满目春色正盎然。

2010年8月

游绿博园有感

绿博园里绿波涌，华夏风景一园中。
万紫千红竞妖娆，奇木异草荟精英。
不尽秋风萧萧去，一派春色处处荣。
走出山东进山西，江山如画各不同。

2010 年 10 月 10 日

乘机赴贵阳途中

正说朝霞东方明，忽乘雄鹰遨太空。
蓝天似海无风浪，九霄空灵心潮涌。
白云堆起千山雪，紫气架出万里虹。
问君风光哪里好，天上仙境独不同。

2010 年 11 月 12 日晨

题银河宫溶洞

神工鬼斧银河宫，无限风光在洞中。
半虚半实阴阳变，亦真亦幻万象生。
流水无语多灵秀，玉石开花也争荣。
看过此地两千米，胜游黔地三百重。

2010 年 11 月 12 日

游天河潭

神秘天河潭，琼宇落人间。
群瀑树上生，涛声石中欢。
白云拂翠竹，秋风凉枫晚。
天公到此游，魂醉也忘返。

2010 年 11 月 13 日

游苗寨

千户苗族寨，万种风情园。
适逢牯藏节，欢歌声满天。
舞女曲未尽，男儿酒正酣。
盛世民俗兴，文明代代传。

2010年11月14日

游水上森林

满山瀑布幽谷响，一川森林水上生。
读懂自然景方好，神奇皆在大道中。

2010年11月14日

参观兴隆热带植物园

奇草异木一园生，各领风骚两千种。
多姿多彩多梦幻，一草一木总关情。

2010 年 11 月 15 日

参观博鳌论坛会址

南海波涛连天涌，博鳌论坛唱大风。
一览天下万般事，独占鳌头华夏兴。
高谈阔论竞才华，指点江山皆英雄。
笑谈寰球风云变，喜看鳌龙正飞腾。

2010 年 11 月 15 日

初到和顺

久闻和顺在滇边，初到小镇已醉眼。
青山无语护疆土，溪水如织绣田园。
文化厚重民风好，风流辈出世代传。
和而生顺处处顺，顺风顺水顺人缘。

注：和顺古镇位于腾冲县城西南4公里处，古名“阳温墩”，由于小河绕村而过，故改名“河顺”，后取“士和民顺”之意，雅化为今名，是云南著名的侨乡。

2010年12月11日

印象腾冲

四面青山指蓝天，八方风云一地旋。
火山口上风景殊，沧桑曾现十万年。
绿茵深处游热海，滚烫大锅看涌泉。
梦幻腾冲不是梦，始信天堂在人间。

2010年12月17日

山中忽遇风雨

天低云欲垂，风狂万木摧。
雷助倾盆雨，驱车涉流水。
千山疑飘摇，万鸟已绝飞。
行路惊且险，乾坤何壮美。

2011 年 7 月 1 日

游密云黑龙潭峡谷

悬崖断云空，树高仍从容。
峡深飞鸟绝，雾淡蝉声鸣。
游人向天去，黑龙往京城。
流水不知远，一路唱清风。

2011 年 7 月 2 日

夜宿净影寺

忙里偷闲宿净影，备感山风格外清。
欲解猕猴千般语，又闻仙蝉三两声。
昨日梵音随梦去，今朝佛光伴我醒。
推窗拨开门前雾，晨曦初染山色空。

2011 年 7 月 13 日

游沙湖有感

今来银川雨纷纷，走遍沙湖景宜人。
风吹芦苇无穷碧，日照沙丘金浪滚。
眼底无碍山水阔，心中有情天地新。
海鸥最解游人意，三声短歌见归心。

2011 年 7 月 27 日

感受沙坡头

北来狂沙到尽头，黄河九曲又回首。
青山无语对古今，大漠有情生绿洲。
云卷云舒入图画，潮涨潮落任去留。
孤烟已随昔人去，风光无限满眼收。

注：沙坡头为国家级沙漠生态自然保护区，位于宁夏回族自治区中卫市腾格里沙漠的东南缘。孤烟，唐代诗人王维有“大漠孤烟直，长河落日圆”句。

2011 年 7 月 28 日

走呼伦贝尔大草原

青青原上草，千里成大观。
绿色满乾坤，白云自舒卷。
游人唱雄风，牛羊近蓝天。
归来何所悟？心旷胸自宽。

2011 年 8 月 1 日

走近呼伦湖

草原深处呼伦湖，九天落下一明珠。
遥望水天共一色，近闻牧歌绕樯橹。
微风惹得游人醉，银波忽见鱼儿舞。
名人到此多诗句，各领风骚入画图。

2011 年 8 月 2 日

题昭君墓

昭君出塞越千年，和亲义举魂照天。
风雨无情人有情，青冢不语名无边。

2011 年 8 月

北欧行（组诗）

芬兰偶感

波罗的海去无边，涛声静处看芬兰。
一片绿洲水中生，几处城楼若等闲。
白云有情多作雨，彩虹着意壮人寰。
蓬莱仙境何处求？梦幻原来在人间。

走芬兰古城堡

正说白云飞，又见乌云卷。
身前倾盆雨，身后艳阳天。
潇洒走城堡，感悟忆当年。
往事非烟云，万物归自然。

乘游轮观海上日出

旭日海上升，朝霞胜花园。
孤岛海域阔，水色共一天。
涛声动远空，清风扬我帆。
浪淘千古事，风流看今天。

古城堡即怀

几块石头几座墙，城堡内外两茫茫。
不知昔人今何处，唯见来者论沧桑。

走进斯德哥尔摩

七十二桥岛相连，碧水环绕城池间。
房前绿掩人声静，花间鸟语好梦圆。
小巷通幽藏诗意，琼楼飞空展画卷。
游人只说风景好，怎知曲尽意未完。

走进诺贝尔颁奖大厅

蓝色大厅涌风云，风流人物天下尊。
风流应做风流事，莫负盛名领奖人。

登高望哥德堡全景

一水悠悠入海口，两岸绿林掩城楼。
登高一望三百年，古今风云满眼收。
南来涛声听放歌，北见云天似彩绸。
好景胜酒百步醉，不负老夫到此游。

谒安徒生故居

今谒名人居，又读安徒生。
入室如开卷，身心沐春风。
落叶有故事，书香入梦境。
英灵昭日月，文章千秋功。

瑞典印象

蓝天多云雨，大地满眼绿。
闹市竞繁华，农舍胜城区。
人可尽其才，物有各所需。
所到赏心目，美哉共此旅。

游延雪平

连天碧水清悠悠，参天古树掩城楼。
一座庭院一幅画，一条大街一春秋。
大地似锦绿意浓，天公多变新雨稠。
李白若是今幸会，当赋新诗三百首。

2011 年 8 月

八里沟即题

玉女迎客欲飞天，乱石戏水游山间。
一线银瀑自天际，万仞葱绿入云端。
游客枉说这边好，谁人能解此中难。
天下风景处处是，八里沟美最不凡。

注：八里沟，在河南省辉县境内。

2011 年 9 月

观三门峡大坝

小小寰球一线开，滚滚黄河天际来。
大禹神斧辟三门，王母梳妆越千载。
一粒泥丸锁蛟龙，九曲安澜向东海。
砥柱昂然定乾坤，摇篮悠悠看兴衰。

2011 年 10 月 2 日

登西九华山

雨后秋风清，林间亦朦胧。
放眼九华山，行人云雾中。
茶香醉飞鸟，竹韵凌九空。
忽悟妙禅寺，淡泊看人生。

注：西九华山，在河南省固始县境内，地属大别山脉。

2011年10月17日

谒风穴寺

古寺深山藏，故事满殿堂。
云接七祖塔，风吹宋钟扬。
泉水伴梵音，日月共佛光。
回首来路远，更觉秋风凉。

2011年10月24日

题柏树王

盘根岩石中，昂首向蓝空。
叶茂生烟云，枝横藏飞龙。
风吹撼山动，日照分阴晴。
千年柏中王，今朝更从容。

2011 年 11 月

走进南泥沟

藏地南泥沟，山幽水更幽。
所到无人家，唯闻鸟啾啾。
枯林横沟壑，花开越千秋。
回首来时路，泉水独自流。

注：南泥沟，在我国西藏林芝地区境内。

2011 年 11 月

再登鸡公山

凉风吹尽秋，故地又重游。
闲步长寿谷，细听泉水悠。
雀鸣说往事，草木皆旧友。
今闻雄鸡唱，空叹志未酬。

2011 年 11 月

自鲁返豫途中有感

千里平原草含霜，近看农舍炊烟凉。
辽阔田野绿意少，满眼枯枝霾雾茫。
喜鹊巢边恋旧枝，老牛房前抱暖阳。
鸡鸣狗吠隐隐去，萧瑟风里忆时光。

2012 年 1 月 5 日

观洛阳牡丹记之

春日正是四月佳，洛阳城里落彩霞。
群芳竞秀丽人笑，牡丹争艳君子夸。
姚黄魏紫各妩媚，蜂戏蝶舞自清雅。
无穷诗意心灵醉，独领风骚赞国花。

2012 年 4 月

汤泉池

天下有神水，名扬数汤泉。
龙王常惠顾，仙女也下凡。
沐浴健体魄，洗心消忧烦。
置身池中游，忘却在人间。

注：汤泉池，在河南省商城县境内。

2012 年 4 月

雾中黄柏山

竹海如涛雾如烟，诗意朦胧黄柏山。
偶尔识得林中花，仿佛梦里仙下凡。
春风怀中杏儿肥，细雨声里杜鹃残。
未识此山真面目，若隐若现也壮观。

注：黄柏山，在河南省商城县境内。

2012年5月

看龙门石窟

天地设龙门，伊水流古今。
岩崖风雨旧，浮雕岁月深。
壁画艺绝古，佛光照尘心。
壮哉此瑰宝，一览长精神。

2012年5月

日本之旅得句（六首）

题京都金阁寺

京都净土金阁寺，佛祖金身天下知。

舍利乃为境界物，悟不得道枉相痴。

大阪市蝉鸣

樱花树下听蝉鸣，大阪市里放歌声。

曲高自接流云去，声远何须赖秋风。

观女子和服表演

仿佛春风徐徐来，忽见鲜花朵朵开。

娇颜羞月舞霓裳，姹紫嫣红满戏台。

厢根大涌谷

大涌谷里生云烟，烟连白云云连天。

景外更有景外景，山上还见山上山。

眺望富士山

巍巍富士山，一峰刺蓝天。

白云飘玉带，仙女正下凡。

山作云中客，梦在天际边。

偏爱隐约美，虚无缥缈间。

感受东京交通

东京街巷少车堵，地上地下皆通途。

自觉守则各有道，红灯绿灯是中枢。

管理创新有学问，规划建设是基础。

城市交通人为本，环境营造百姓福。

2012年8月

韩国印象（组诗）

景福宫

今览景福宫，豪气顿然生。
汉文满殿堂，唐诗记文明。
得我华夏根，故有韩国风。
来者追思多，王室楼未空。

首尔印象

汉江碧水情悠悠，二十九桥通五洲。
青山逶迤向天去，城池入画满眼收。
青瓦台上起风云，喜鹊声里唱春秋。
闹市繁华何处是，首尔无处不风流。

夜宿首尔

月色临窗风满楼，灯火正随汉江流。
夜半旧园忽入梦，还把首尔比郑州。

三八线

六十年前硝烟收，三八线上说恩仇。
一水似有千重碍，南北分裂何时休。
日月同照两地泪，清风共传一腔愁。
天高理应任鸟飞，怎奈相隔不自由。

题济州龙头岩

青龙出海欲向天，惊涛拍岸若等闲。
今朝腾飞正当时，只因我辈逢龙年。

题城山日出峰

五千年前山开花，花落黄海居天涯。
日出最先登此峰，城山一亮满天霞。

在韩国

东入韩国无故人，颜肤同色亦可亲。
相识何须通言语，读懂微笑便知心。
天同日月地同辉，人同始祖文同根。
中韩自古源流长，共筑友谊万年春。

2012 年 8 月

野　菊

路边野菊向谁香，淡泊素心自芬芳。
雅韵不屑群芳妒，独立深秋更傲霜。

2012 年 10 月 31 日

游江湾村

藏龙卧虎地，千古江湾村。
云雾掩青山，秀水鸣琴音。
世代人杰出，英灵日月魂。
今朝沐春雨，更觉天地新。

注：江湾村，江西省上饶市婺源县下辖一古村落。

2013年3月23日

李坑村印象

古宅门第依次开，小桥流水诗中来。
一砖一瓦皆文章，文明厚重越千载。

注：李坑村，江西省上饶市婺源县下辖一古村落。

2013年3月24日

游三清山

春日游三清，欣然临道风。
十步天地别，千山景外景。
云卷蟒蛇石，风摇玉皇顶。
仿佛尘世外，悠然身心明。

注：三清山又名少华山、丫山，位于江西省上饶市玉山县与德兴市交界处。道教名山，为世界自然遗产、世界地质公园、国家自然遗产、国家地质公园。

2013年3月25日

咏瀑布

千回百转遇悬崖，粉身碎骨也作花。
艰难悲壮无所悔，来生仍然走谷峡。

2013年3月26日

北戴河雾中观海

临海唯有雾朦胧，观涛不见浪千重。
莫为虚无遮望眼，还借来风听鸥声。

2013 年 6 月 25 日

宿北戴河夜间雷雨即作

昨宿北戴河，一雷惊梦醒。
闪电撕夜色，狂雨逐海风。
水上杀声急，空中万马行。
黑暗已颠覆，诗兴在黎明。

2013 年 6 月 26 日黎明

九寨沟五彩池

神奇五彩池，水映镜中花。
芳姿漾清波，艳丽染泥沙。
四季不凋零，一生伴山崖。
亦真亦幻美，难入寻常家。

2013 年 10 月 2 日

游九寨沟

风光秀丽九寨沟，天上人间第一游。
山似群龙腾云雾，水呈五彩遍地流。
浪走悬崖观瀑布，船行碧海映红楼。
随风远望云天外，夕阳如火染金秋。
草木枯荣皆似花，霜叶缤纷看未休。
鸟语声声曾相识，林海深深何清幽。
亦真亦幻山中客，如痴如醉梦里走。
流连忘返问何处，欲将我心此处留。

2013 年 10 月 3 日

访松州古城

松州访古城，了我巴蜀情。
近赏三江源，远望岷山峰。
欲寻唐时月，尽览今日风。
悠悠天地间，怆然叹峥嵘。

注：松州古城在四川省阿坝藏族羌族自治州东北部的松潘县，是四川省历史名城，也是历史上有名的边陲重镇，被称作“川西门户”。

2013年10月4日

看桐柏红叶（二首）

一

十月黄栌似火红，山色斑斓赛春容。
枯枝难舍落叶去，菊香更迷游人行。
登高一览草木稀，望远只恨云雾蒙。
人有喜乐物象好，秋风萧瑟也多情。

二

薄雾隐去雨初晴，落叶横飞山欲空。
昨夜西风凋碧树，今晨霜染透栌红。
鸟鸣有情流云醉，花开无边万千重。
南飞雁阵留诗意，秋色为韵画苍穹。

2013年10月

诗意台湾（组诗）

走进阿里山原始森林

林海多奇木，枝叶竞参天。
身去根不朽，子孙代代传。
魂与日月同，气存天地间。
应学草木心，风雨若等闲。

注：阿里山是台湾地区著名的旅游风景区，位于嘉义市东 75 公里，海拔 2216 米。

游日月潭

山在水中云雾生，水流山间紫气腾。
日出月落难同辉，日月潭里可共明。

过太鲁阁峡谷

壁立千仞山，相峙入云端。
水流万壑歌，云飞一线天。
悬崖见奇羊，攀缘若等闲。
身为峡谷客，心高天地宽。

注：太鲁阁公园位于台湾岛东部，园内有台湾第一条东西横贯公路通过，称为中横公路系统。太鲁阁公园的特色景观为峡谷和断崖。奇羊，指台湾长鬃羊，珍奇物种，生活在太鲁阁峡谷崇山峻岭之中。

参观台北绿建筑图书馆

生态绿楼图书藏，一室一隅皆文章。
开卷即可读春秋，何向山水觅风光？

傍晚登台北 101 大楼而作

一城灯火次第明，疑是大地落繁星。
楼接九天揽日月，人在亦真亦幻中。
胸有雄风观四海，身披流云立苍穹。
登高好望大陆地，唯念祖国成一统。

注：台北 101 大楼高 508 米，是当时世界第二高楼。

2013 年 11 月

题金丝峡石生树

古树百年石上生，不恋泥土向苍穹。
根深方系岩中泉，叶茂可揽四面风。

注：金丝大峡谷位于陕西省商南县东南部新开岭腹地，距金丝峡镇 18 公里。峡谷景观奇特俊秀。

2014 年 3 月 24 日

诗咏神农架（四首）

神农架一日游

今喜圆我梦，驱车看神农。
日行千里远，盘旋三百层。
峰峦呈叠翠，薄雾生朦胧。
微雨初晴后，白云架彩虹。
悬崖两壁高，密林生雄风。
溪水流琴韵，瀑布挂九空。
谷底多奇趣，山间分阴晴。
走进神龙洞，梦与神龙同。
草径何幽深，游人不独行。
偶尔见野兽，无处不鸟鸣。
金猴迎宾客，大鲵有悲声。
惊闻野人事，未可见其踪。
日暮到九湖，临水辩浊清。
未谋锦鳞跃，闲谈钓鱼翁。
峡谷落晚霞，盆地满葱茏。
可惜落日早，酣游未尽兴。
夜宿农家乐，异乡好梦境。
醒来赋此诗，笔下拜神农。

神农架神龙洞

神龙洞中访神龙，玉宫殿里多风情。
惬意仙境酬宾客，偌大乾坤入怀中。

驱车神农架

驱车日行八百旋，阴阳总在一瞬间。
云雾有根山中生，神农昂首敢问天。
层层峰峦景外景，道道沟壑烟连烟。
鸟语声声迎客到，心随清风梦更远。

九湖镇晨起

神农架神农顶著名的大九湖风景区因有九溪九河九湖而著称。夜宿九湖镇，异乡梦更多，晨起漫步湖畔，即景而作。

昨夜宿九湖，晨起观日出。
朝霞水中花，流云天堂图。
层峦龙虎卧，异乡风景殊。
神秘藏其魂，意会不可书。

2014 年 6 月 28 日

游许慎文化园

许慎故里拜许慎，文化园中寻英魂。
礼瞻说文解字书，再读五经异义文。
一字道破千古事，一典释惑后来人。
草木也得先生道，枝叶摇曳总传神。

2014 年 7 月

过小商桥

桥上足迹千年旧，桥下流水日日新。
隋唐明月今仍照，风雨有痕示后人。

注：小商桥在河南省漯河市临颍县南，据考是中国保存完好的最早的石桥，比赵州桥还要早二十多年，始建于隋代584年。

2014年7月

谒杨再兴墓

当年天下雄，今日一孤冢。
颍水说旧事，残碑存真情。
抗顽何壮烈，赴死为报忠。
追古励后人，当学杨再兴。

注：杨再兴墓在今河南省漯河市市区。杨再兴，南宋名将。

2014年7月

题天堂寨碧玉潭

碧水如玉鉴蓝空，银瀑跳潭逞英雄。
流出日月千年旧，游人年年各不同。

注：天堂寨位于安徽省金寨县与湖北省罗田县交界的大别山腹地，峡谷纵横，银瀑飞天，潭水处处。碧玉潭乃峡谷内一名潭，因水如碧玉而得名。

2014年8月

乘滑索有感

借助滑索学飞行，虽未展翅也凌空。
九天揽月旧时梦，今朝偿愿做雄鹰。

2014年8月

过峡谷栈桥即作

栈桥流水无人家，涛伴西风满谷峡。
游人指点秋深处，霜叶胜似二月花。

2014 年 8 月

观　云

衣衫飘逸舞轻柔，九空卷舒竟自由。
常留玉宇著风景，洒向人间辩春秋。
朝霞花开满天缀，晚霞夕照一江流。
不为浮云遮望眼，清风闲意情致悠。

2014 年 8 月

题女儿国温泉

女儿国里温泉涌，玉液圣水润柔情。
炎帝当年曾试水，刘秀九次沐尊容。
洗涤沧桑忧和乐，流去岁月浊与清。
西游故地风依旧，今宵怎不忆唐僧。

注：湖北省随州市大洪山西游记公园内有女儿国温泉，相传这里是西游记文化的发祥地。

2014 年 9 月

洗女儿国温泉随感

时值晚秋，周末闲游随州市大洪山西游记公园，夜间洗女儿国温泉，感而赋之。

西游园中不夜空，灯火辉煌映月明。
男沐女浴意绵绵，欢声笑语乐融融。
一池药汤沉疴去，千年圣水百毒清。
唐僧师徒今若在，洗心消灾也顺风。

2014 年 9 月

访灵隐寺

灵隐深山意味长，草木有缘皆佛光。
石上日月留旧恨，殿前菩萨惠四方。
平生难得一禅心，圆梦付于三炷香。
回首红尘仍滚滚，总为名利暗神伤。

2014 年 12 月

日暮游西湖

浓云薄雾锁杭州，西子神伤几多愁。
暮色已临行人少，残荷早衰精气收。
苏堤落叶乱纷纷，小桥流水自悠悠。
细品古贤绝好句，雷峰塔下忆春秋。

2014 年 12 月

雪中竹子

雪压枝头心波定，风吹箫管也动听。
竹瘦不减英雄气，天寒更见铁骨铮。

2014 年 12 月

水帘寺即题

桐柏深山有洞天，水帘寺里好参禅。
佛光梵音香客醉，晨钟暮鼓白云闲。
观音殿里消烦恼，悟空像前欲成仙。
妙侠论经一席话，忧乐随心醒尘缘。

2015 年 5 月

游清泉禅寺遇友进斋饭即作

径幽林亦深，禅寺生祥云。
银杏聚仙客，龙泉鉴佛心。
炉中三炷香，拜倒万千人。
难得斋饭餐，清淡去凡尘。

2015 年 5 月

夜宿金丝峡小镇

金丝小镇峡谷中，长街灯火几处明。
商家巧语喜迎客，门前招牌似霓虹。
青山梦里对星语，流水不眠鸣琴声。
清风醒酒枕边来，异乡还忆故乡情。

2015 年 5 月

游金丝大峡谷

金丝峡谷奇，两壁青山立。
仰观一线天，脚踏半米溪。
飞鸟空中绝，彩云落水底。
浅流奏乐章，瀑布数十级。
清潭照我影，共与锦鳞戏。
秀木石上生，根深不恋泥。
花间蜂蝶舞，径幽芳草萋。
断崖云相连，险壑风来急。
一峰阴阳隔，内外两天地。
深山落日早，晚回归途迷。
游人皆沉醉，无不叹旖旎。
归来赋小诗，笔下飞神怡。

2015 年 5 月

桂花诗（二首）

千年桂花

枝叶繁茂见葱茏，风云变幻仍从容。
千年岁月何处去，顶天立地向苍穹。

桂花魂

秋风秋雨任沧桑，丹桂金桂竞飘香。
素心深情梦何求，无愧星天岁月长。

2015 年 9 月

落叶（二首）

一

一片黄叶满脸秋，笑对寒霜不言愁。
粉身愿作根下泥，只待春来绿枝头。

二

迎风傲霜存生机，忍离枝头情依依。
青春无悔伴花笑，来生护花作新泥。

2015 年 10 月

海口观海（二首）

一

三级风力海咆哮，千层万层逐浪高。
连天碧水接浮云，遥看孤舟独飘摇。
沙滩黄龙静静卧，岸边椰韵处处姣。
身在南国不知冬，一草一木动春潮。

二

波涛汹涌拍岸来，风生水起浪花开。
欲解连天无穷韵，日月为怀观大海。

2015 年 10 月

乌镇印象（二首）

一

画中乌镇水中楼，梦里锦鲤枕边游。
吴越人家自古杰，旧痕新貌皆风流。

二

碧水玉带绕万家，小桥彩虹堪风雅。
扁舟载歌门前过，夕照岸柳胜春花。

2015 年 11 月

俄英之旅（组诗）

莫斯科印象

城有风景云有韵，秋色仍留竞缤纷。
街巷深浅皆入画，琼楼高低总宜人。
红场墙内说英雄，凯旋门前读风云。
克里姆林宫寂然，草木自怜闻鸟音。

瞻仰列宁遗容

十月革命转乾坤，万古真理励后人。
音容仍在沧桑变，国破痛煞九泉魂。

过新圣女公墓

暮色客稀寒鸦凄，碑冷魂孤秋风急。
功过是非后人论，英雄豪杰万古旗。

圣彼得堡印象

波罗的海浪涛天，涅瓦河里看游船。
教堂自有庄严在，夏宫空对寒鸦眠。
街边楼前无草木，广场市郊多林园。
夜半灯火入乡梦，占尽月色到枕边。

走进冬宫

鹤去雀来宫未空，旧墙新壁存遗风。
人生有变天亦变，沧桑已改皇家情。

参观剑桥大学

参天栋梁前人栽，文脉诗韵育英才。
剑河成就海域阔，天地自有书香怀。

2015 年 11 月

登滕王阁

寒风细雨天地悠，登高远望一城收。
滕王楼阁近日月，王勃文章传千秋。
四季常变人易老，岁月未改赣江流。
我看闲云云去我，梦里又添几多愁。

2016 年 1 月 11 日

山西行吟（三首）

读晋祠

千年晋祠历沧桑，一砖一瓦皆文章。
钟鼓楼里光阴短，难老泉中韵味长。
古柏雄姿向天笑，芳草春风遍地香。
物换星移贯今古，天地悠悠何茫茫。

平遥古城

老店旧瓦新风情，人去物换楼未空。
商贾往来达四海，日月未改照古城。

谒云冈石窟

春风一夜暖云冈，石窟千古聚佛光。
善行天下众生度，笑看人间写沧桑。

2016 年 3 月

山泉

清泉善水石上涌，禅音若琴山中鸣。
前进路上坎坷多，艰难造就万般景。

2016 年 5 月

游仙岛湖（三首）

游仙岛湖

湖因潜龙雄，岛幽留仙踪。
千山绿竞秀，一水碧波清。
舟作春秋图，人行画屏中。
飘然尘世外，归去学陶公。

夜宿仙岛湖

小窗含西岭，繁星一湖明。
蛙声夜半急，鸟唱四更中。
枕边惊鱼跃，梦醒忆往生。
甲子弹指过，长愿朝霞红。

仙人岛晨起

山作妆台湖作镜，朝霞为衣风传情。
仙人岛上仙人会，众里何处觅芳踪？

2016 年 5 月

谒太昊陵

太昊陵前拜羲皇，草木深处读沧桑。
风雨旧痕般般是，天地悠悠两茫茫。

2016 年 7 月

访郝堂村

千年郝堂村，厚重沧桑魂。
环山抱玉珠，溪水奏柔琴。
茶香云天外，荷花菩萨心。
素餐农家乐，醉了八方人。

注：郝堂村，在河南省信阳市平桥区。

2016 年 7 月

咏荷（四首）

清　荷

荷与清池一生缘，出于污泥尘不染。
玉叶高洁心如水，花魂柔情意缠绵。

观　荷

浓妆淡抹一池开，清香随风入我怀。
三分素雅七分娇，千朵粉红万朵白。
不因污泥玷玉身，常以碧水洗尘埃。
莲花宝座佛光照，禅音无边达四海。

残　荷

残荷仍留芳香在，梦与秋风共徘徊。
叶老翠融水中碧，诗魂禅意也百态。

红　荷

红颜玉妆不染尘，水晶宫里自禅心。
清雅高洁真君子，直令知音欲断魂。

2016 年 7 月

观棠溪源山洪

穿石流绿涛声吼，一路高歌唱春秋。
魂系青山情绵绵，心向江海梦悠悠。

2016 年 8 月 7 日

暮归老界岭

暮笼老界岭，晚霞展画屏。
云暗青龙隐，山空月辉明。
溪水流琴韵，蝉歌唱清风。
把酒东篱下，醉了异乡情。

2016 年 8 月 13 日

老界岭晨起

山中无暑气，漫步清凉中。
虫吟草木诗，鸟唱朝霞红。
远山腾烟云，谷溪弹琴声。
路边寻幽兰，芳心随清风。

2016 年 8 月 14 日

赤壁怀古

周瑜施计少胜多，留得赤壁话三国。
长江流尽千古事，功过任凭后人说。

2016 年 9 月 15 日

登岳阳楼

楼揽风云立乾坤，洞庭水天堪美伦。
云绕帆影画屏开，波涌夕辉梦幻真。
李白绝唱传千载，范公妙笔励后人。
登高百感古今事，望远更觉天地新。

2016 年 9 月 16 日

走过隐水洞

神奇隐水洞，万般气象生。
一寸钟乳石，数年光阴成。
暗河流潺潺，滴水响咚咚。
垂空似飞羽，立者多佛灵。
才见卧虎势，转瞬乌龙腾。
亦真亦幻物，若隐若现中。
百感叹笔拙，难书仙家情。

2016 年 9 月 17 日

新疆行（组诗）

乘机飞往新疆途中

山藏千年雪，沙随万里风。
白云生何处，人间有仙境。
群山龙虎卧，大象也无形。
春秋日月事，尽在苍茫中。

新疆坎儿井

天山雪泉万古流，坎儿井水何悠悠。
明渠高歌醒尘世，暗水低吟咏春秋。

参观新疆地窝子

遥想当年风沙卷，盐碱堆里斗敌顽。
挖出地下千古梦，耕得洪荒万亩田。
三尺地窝挡风雨，十年血汗换粮川。
草飞仍留岁月痕，魂魄长存天地间。

过天山大峡谷

峡谷仰望一线天，悬崖绝处九重烟。
登高一览耳目醉，更喜牛羊遍草原。

往中哈边境途中遇彩虹

雨洗乾坤气象新，清风入怀长精神。
群山逶迤青龙舞，彩虹飞架通天门。
草原深处见牛羊，松涛无边生烟云。
远近高低皆作画，阴阳有变总宜人。

胡杨林赞

茫茫戈壁滩，胡杨故乡园。
天地何其阔，岁月九千年。
万里风沙苦，一滴雨露难。
空中绝飞鸟，地下无甘泉。
悲壮铸魂魄，气象变无端。
立者虎狼啸，卧者龙蛇盘。
枯木诉沧桑，绿枝讴新篇。
艰苦玉汝成，威武守边关。
堪称林中雄，大美范人间。

喀纳斯湖之旅

北域何壮观，绿洲赛江南。
阴阳隔尘世，晴雨一瞬间。
百步有风景，十里不同天。
牧歌偶有闻，牛羊遍草原。
芳草绣野花，清风润心田。
流水何湍急，鸟鸣正啭啭。
忽闻雷声起，狂风摧木残。
雨晴夕阳好，当空舞彩练。
身临喀纳斯，情随波浪卷。
远望青山巍，近观锦鳞浅。
冲舟破烟雾，圣湖得一览。
雨阻观鱼台，半途留遗憾。
归来思此旅，诗兴意犹酣。

2016 年 9 月

兰花咏（九首）

一

幽兰溪水边，相悦今生缘。
波光玉妆梳，芳香随流远。

二

兰草生深山，品高芳自远。
俗人何赏得，君子自有缘。

三

山涧有幽兰，孤芳敢傲天。
坚贞对风雨，悠然自等闲。

四

不赏百花艳，唯爱幽兰香。
经雨更贞洁，沐风飘芬芳。

五

人生如梦梦何长，佛前圆梦梦未央。
春秋风雨昼夜思，不赏百花觅兰芳。

六

山中君子自超凡，翠肌玉肤堪为仙。
芳香更添春色好，坚贞还羞百花颜。

七

兰花自有兰花意，不屑蜂蝶情依依。
春风吹拂为护花，愿随细雨润尘泥。

八

窗外春风何徘徊，庭前兰花初绽开。
闲情恰与书相伴，梦如烟云微微来。

九

庭前兰花为谁开，芳香与我共徘徊。
忽悟其中人生味，便引窗外春风来。

2010 年 10 月

登七峰山

伏牛正奋蹄，七峰神工齐。
古道仰长城，云中惊天梯。
山深暮色早，草长虫鸣急。
人归心未归，离别仍依依。

注：七峰山，属伏牛山脉，在河南省方城县境内。

2016 年 10 月

访社旗山陕会馆

旧墙旧痕旧时光，一砖一瓦记沧桑。
风满戏楼藏往事，云绕旗杆生苍凉。
义和为怀商机多，诚信作德福分长。
悟得关公生财道，生意兴隆达三江。

2016 年 10 月

游方城七十二潭

伏牛静卧横蓝天，十里银瀑奔大川。
顽石坐观九曲流，浪花飞溅七十潭。
青山无语作图画，秋风有意拨琴弦。
登峰寻得源头水，方知尘外有甘泉。

2016 年 10 月

自南宁往巴马途中

驱车巴马御秋风，远近高低画屏中。
青山云岚忽而去，大野碧波总无穷。
甘蔗林边农家乐，香蕉园里果实丰。
南国草木皆韵味，飞我梦想心返童。

2016 年 10 月

看百魔洞

百魔堪称第一洞，天造地设神斧工。
钟乳垂挂百态姿，石笋玉立气象生。
仰望观音佛光照，细听岩壁鸟声鸣。
相视仿佛通灵犀，顽石无情我有情。

注：百魔洞，即广西巴马百魔洞。

2016 年 10 月

看丹霞地貌

赤橙黄绿青蓝紫，七彩缤纷争斗齐。
山有啸天龙虎势，丘若涅槃凤凰栖。
远近高低展画卷，无花无草也旖旎。
登高欲与嫦娥舞，裁取丹霞做嫁衣。

2017年2月19日

游银川影视城

明城清城一影城，古往今来共春风。
日月昭昭今如昨，岁岁物同人不同。

2017年2月19日

乘车往张掖途中

大漠荒野晴空好，云落雪山不苍凉。
草色虽无春风度，可随牛羊觅芬芳。

2017 年 2 月 19 日

雪中鸣沙山

鸣沙山上雪花飘，金色银色共妖娆。
月牙素心冰作玉，驼铃试比天公高。

2017 年 2 月 21 日

残　梅

瑞雪迎来春风吹，横枝素裹抱残梅。
冬去何怜暗香远，春到还看万花归。

2017 年 2 月 22 日

初春观雪

玉肌沐春风，冰心鉴九空。
素装简为美，润物细无声。
魂系草木翠，情洒天地中。
舞尽缠绵意，野陌看芳踪。

2017 年 2 月 22 日

春到山中

南山石抱暖，北坡残雪存。
老枝犹幽梦，野草初识春。
风和鸟音脆，云落清泉淳。
鸡鸣农家乐，酒香醉来人。

2017 年 2 月 25 日

酉时乘机往海口途中

夕晖染西天，云海波涛连。
俯瞰千堆雪，远眺蓬莱山。
仙者何所是，梦在亦幻间。
心随嫦娥舞，未觉月宫寒。

2017 年 3 月

海棠花泪

昨夜春风何无情，海棠香销露愁容。
落英应是有情物，泪润尘泥祭魂灵。

2017 年 3 月

访恩施土司城

土司城上日月旧，九进堂前草木新。
楼空仍留英雄气，风流韵事昭后人。

2017 年 6 月

自恩施往张家界途中

山外有山千层峦，云上生云万重烟。
驱车画廊穿景过，心随物喜天地间。

2017 年 6 月

走进黄龙洞

黄龙洞里藏黄龙，奇观异景比琼宫。
石笋开花春常在，水滴玉碎琴有声。
玉皇殿里百仙会，花果山上群猴争。
阅尽此间风流事，春秋何须看风景。

2017 年 6 月

夜宿“一城一家”

一城一家一君人，一室一隅堪美伦。
陈酒茗茶醉来客，书香诗韵醒凡尘。
梦里静听空山雨，枕边乐赏溪琴音。
门纳五福迎宾朋，楼满春秋古与今。

注：“一城一家”，是张家界景区一客栈雅号。

2017 年 6 月

观　海

日月今如昨，乾坤水若天。
舟影寂无语，涛声从未眠。
云卷千秋画，风咏浪花缘。
滴水百川汇，禅心阔无边。

2017 年 7 月

白帝城

诗魂仙骨白帝城，瞿塘犹吹西蜀风。
春秋尽付东流水，夔门何处听猿声。

2017 年 8 月

小三峡

巫山云雨古今情，涛声依旧无猿声。
一江诗意千山画，枉费墨客说巴陵。

2017 年 8 月

谒悬空寺

欲远红尘殿悬空，满楼风云近玉宫。
檐飞势向九霄去，门开气贯恒山虹。
儒释道法善共度，天地人和魂相融。
古往今来千载过，菩萨依然笑春风。

2017 年 8 月

卷三

贺母亲八十八寿辰

八十八年岁月深，酸甜苦辣共秋春。
勤俭持家巾帼事，和善为人菩萨心。
阳光雨露慈母爱，天高地厚养育恩。
青松不老水长流，笑谈百年乐子孙。

2010 年 1 月 22 日

看夏河梨园

布谷声声韵飞天，蛙鸣四起歌正酣。
杨柳无语吐绿翠，青山有意生云烟。
梨花飘处游人醉，农家院里笑声甜。
春光最数夏河美，一草一木皆娇颜。

2010 年 4 月 4 日

茶农小景

庭院鸡鸭三两声，堂前新燕对客鸣。
一行白鹭远空去，几处炊烟农家中。
青山无语云作画，绿水有意风多情。
茶女本是一枝花，十里茶园数点红。

2010年5月26日

访杨靖宇将军故居

欲寻英雄魂，今访李湾村。
老屋记沧桑，四壁写风云。
不畏弹雨稠，唯有主义真。
生为人之杰，死亦泣鬼神。

2010年9月

题杨靖宇将军雕像

英雄浩气千古存，感动日月耀英魂。
洒尽热血为报国，唯留丹心励后人。

2010 年 9 月

秋夜闻雨

梦醒夜半忽觉凉，雨随清风敲小窗。
一叶知秋天地改，桂花入怀诗句香。

2010 年 9 月

秋游铜山湖

大野秋色落彩霞，万树霜叶胜春花。
铜山湖里逐浪高，孤岛深处醉氧吧。
一壶陈酒共老友，满座高朋话桑麻。
物是人非说旧地，难忘当年正风华。

注：铜山湖，在河南省泌阳县境内。

2010年10月4日

驿城夜景

万家门户万盏灯，十里长街架彩虹。
行人归去喧嚣退，车流潮落风声清。
月辉高楼朦胧意，歌舞深巷不夜城。
酒醉更觉今宵好，且赋小诗独临风。

2010年11月

夜宿铜山湖晨起

卧听松涛梦未醒，忽闻窗外鸟争鸣。
清风柔情一帘韵，朝霞似花满天红。
远山近水皆诗意，鸡鸣狗吠也为朋。
陶公若是到此游，桃花源里不躬耕。

2011 年 6 月

嵖岈山“风动石”

本是山间一顽石，敢比高峰方到此。
屹立悬崖不畏惧，仰天望月正沉思。

注：嵖岈山是伏牛山余脉，在伏牛山东端河南省遂平县境内。

2011 年 8 月

泛舟薄山湖

水曲九道湾，青山亦盘桓。
舟行湖光里，人醉山色间。
岸边惊白鹭，朦胧看雾岚。
好景春常在，风雨越千年。

注：薄山湖，在河南省确山县境内。

2011 年 9 月

再游铜山湖

山色还是旧时绿，雾锁青松鸟更鸣。
游鱼识得当年客，击水迎我浪千重。
船近孤岛惊白鹭，水连浮云入远空。
人生易老情未老，湖水依然笑春风。

2011 年 9 月

秋游宿鸭湖

浩渺如海阔，舟行烟波中。
秋水多凉意，岸柳雾朦胧。
渔翁钓金秋，飞鸟沐清风。
水天共一色，物我两相融。

注：宿鸭湖，即宿鸭湖水库，在汝南县境内，是亚洲最大的人工平原湖。

2011 年 10 月 5 日

贺母亲九十寿辰

2012 年元旦，恰逢农历腊月初八，又逢老母亲九十岁生日，有感而作。

风雨春秋九十年，含辛茹苦梦如烟。
勤劳换来全家乐，智慧育出儿孙贤。
寿辰新年恰相逢，亲朋好友共歌欢。
如意之日吉祥多，祝福祝寿祝平安。

2012 年 1 月 1 日

清明述怀

清明未必雨纷纷，姹紫嫣红也断魂。
春风送暖为祭祖，花香袭人何伤神。
扫去故人墓上草，献上来者追思心。
祖宗恩德存天地，世代传承满眼春。

2012 年 4 月 4 日

春日即景

满眼葱茏绿欲狂，春风着意送芬芳。
妖艳桃花含羞笑，断魂蝶儿情义长。
家燕堂前寻旧地，喜鹊枝头报吉祥。
恰是一年春好时，人间无处不风光。

2012 年 4 月 9 日

看嵖岈山怪石

嵖岈奇崛堪神魔，多姿多态气势卓。
学浅观山心有愧，诗句难比怪石多。

2012 年 5 月

采茶女

绿海镜梳女儿妆，巧手轻拈新芽香。
采茶品茶各有道，悟出三昧自芬芳。

2012 年 5 月

看麦收有感

放眼麦海千重浪，地铺黄金风飘香。
飞燕高唱丰收歌，机器轰鸣田间忙。
忍看农夫汗如雨，最喜家中粮满仓。
我辈应知盘中餐，粒粒辛苦意味长。

2012年5月

摘葡萄

玉翠珠红满园香，游人欲醉入画廊。
欢歌笑语无穷乐，胜景美味尽品尝。

2012年7月

题天中山

周公测影定天中，五湖四海九州同。
山虽不高接云雨，城不在大聚来风。
月到天中星辰好，日照悬瓠紫气升。
每登此山多感悟，胸有乾坤读苍穹。

2012 年 7 月

夏日过宿鸭湖湿地

宿鸭湖水何泱泱，俯仰天地两茫茫。
芳草无边连天碧，杨林深处蝉声长。
脚踏泥香生情趣，心随飞鸟共翱翔。
画意无穷诗无穷，把酒农家话沧桑。

2012 年 8 月

题梁祝墓

两堆黄土各西东，相思相望难同行。
真情千山隔不断，春风为媒魂相融。
蝴蝶有意舞翩翩，荒冢含恨草青青。
梁祝佳话千古唱，悲歌一曲动天中。

注：梁祝墓，在河南省汝南县梁祝镇。

2012 年 8 月

秋夜他乡闻雨

梦里惊细雨，醒来秋风凉。
落叶何徘徊，虫声正荡漾。
夜色苍茫意，思念水流长。
谁解异乡客，孤独怜牛郎。

2012 年 8 月

东京遇老乡

东京遇乡亲，把酒共一樽。
谈笑家中事，何须论古今。
酒醉杯中影，茶飘故乡音。
人生伤离别，长恨在日本。

2012 年 8 月

秋夜读友人诗

夜半醒来读华章，诗情犹如秋风凉。
三言两语千金重，字里行间皆愁肠。
人生何须论贫贵，红尘终归梦一场。
君比菊花风骨雅，不妒群芳更傲霜。

2012 年 9 月 7 日

板桥水库

盘古辟出汝河源，伏牛到此饮清泉。

秋色几树村舍近，碧波远上白云山。

鱼跃与我共泛舟，鹭飞携风生云烟。

秀水须当苍生济，勿让“七五”再复返。

注：板桥水库，在河南省驻马店市驿城区，1975年8月因百年不遇的洪水而垮坝。伏牛，指伏牛山脉的余脉。

2012年10月

庭院小景三题

窗前木瓜树

晨起风临窗，飘来木瓜香。

树下几枯叶，冠顶白云长。

朝霞满枝头，寒霜不觉凉。

忽闻喜鹊声，与我赏秋光。

桂花香飘

朝迎日出披彩霞，秋到庭院一树花。

金桂最喜秋色好，芳香偏爱幸福家。

庭院秋深

石榴开口笑，一树木瓜圆。
桂花喜秋色，芳香飞满天。
昨夜秋风急，今朝初霜寒。
莫说庭院小，心宽景无边。

2012 年 10 月

欣闻正阳石佛自台湾归故里而作

佛缘人缘家有缘，石佛辗转归故园。
统一将圆两岸梦，复兴风正一帆悬。

2012 年 11 月

嵖岈山即景

嵖岈奇崛出胜景，怪石处处皆为峰。
北山巨龙何回首，南山猴王闹天宫。
秋去草木风骨瘦，叶落沟壑半壁空。
伏牛西去望不尽，诗情画意万千重。

2012 年 11 月

乐山吟

三月乐山满眼春，野花迷眼欲断魂。
登高一览天中地，放眼更觉草木新。
古观有道藏旧事，瑰石不语见芳心。
走遍三山五岳地，最喜此山精气神。

注：乐山，在河南省驻马店市驿城区与确山县交界处，海拔 848 米。

2013 年 3 月 31 日

忆父亲

虽出寒门书香染，十年薄薪做微官。
半生耕耘血汗洒，一世生计日子艰。
教子有方严作训，为人正直德为先。
儿愧未尽堂前孝，梦里常忆泪涟涟。

2013 年 3 月

忆母亲

生不逢时柴粮短，勤俭持家家贫寒。
白天耕耘风雨里，黑夜缝补油灯边。
爱似深海心血尽，恩比蓝天情无边。
往事如烟梦中过，愧心泪洒向九泉。

2013 年 3 月

燕归来

春燕归来欲断魂，不见旧巢迷新村。
愿做去年堂前客，还向故地觅旧人。

2013 年 4 月 22 日

题嵖岈山石猴

虽为顽石有猴心，偏向嵖岈觅知音。
历尽沧桑情未老，可怜孤独沦落人。

2013 年 4 月 24 日

嵖岈山晨起偶得

昨夜客山中，梦里听蛙鸣。
鸟勤醒来早，窗开怀清风。
霞落玫瑰园，曦染嵖岈峰。
五月春色去，诗意又一重。

2013 年 5 月 25 日

赴泌阳调研有感

铜山碧水名古今，盘古圣地天下尊。
地灵自有景色好，人杰敢叫日月新。
城市建设展新容，产业发展绘秀锦。
小城今日喜事多，幸福还看泌阳人。

2013 年 5 月 29 日

天中赋（组诗）

驿　城

皇家驿站皇家店，通南通北也通天。
悠悠古道驰骏马，神奇乐山乐人间。
练江碧水翻细浪，金顶云梦飞岚烟。
小城恰逢振兴时，万马奔腾快加鞭。

遂　平

遂风遂雨遂安平，房国故地自古名。
西枕伏牛山水奇，东临黄淮碧野清。
温泉小镇生温馨，嵖岈怪石出胜景。
毛公指点天地变，小康路上正繁荣。

注：毛泽东同志于 1958 年 11 月 13 日视察遂平。

西　平

嫘祖恩泽惠华夏，西平人杰自古佳。
宝严塔下城池美，洪河岸边四季花。
冶铁炉火炼春秋，棠溪源水润万家。
开放吹来八面风，柏国故地竞繁华。

上　蔡

羲皇到此八卦兴，白龟蓍草显神通。
蔡国墙旧春未老，卧龙岗高地有灵。
孔门六贤扬儒道，秦相李斯行大风。
重阳文化贯今古，豪杰无数竞英雄。

注：上蔡境内有白龟庙和蓍台遗址，史传均为伏羲氏画卦之遗存。孔门六贤，孔门七十二贤中有六人是上蔡人。

汝　南

汝宁名府悬瓠城，藏龙卧虎人杰灵。
明桥古道通四海，汝河秀水唱大风。
南海禅寺吉祥地，梁祝故里千秋情。
天中自有天中象，阳光更美月更明。

注：汝南城北门外有明代石桥，名宏济桥，至今保存完好。

平　舆

平坦大道舆好行，奚仲兴车天下通。
太任懿德千秋赞，沈国风流四海名。
月旦高论聚贤士，陈胜义举撼朝廷。
挚地这边风景好，清河两岸矗新城。

新　蔡

古吕文明源流长，楚风汉韵著华章。
三寺传道妙香远，孔子问津儒学扬。
仁义巷风吹古今，辛亥先烈铸辉煌。
洪汝两龙腾飞梦，新蔡天地换新装。

注：三寺，指新蔡境内历史上有名的法隆寺、金粟寺和望城寺。新蔡是河南辛亥革命的重要策源地，有 100 多人参加了孙中山的同盟会，有“辛亥风流冠中原”之誉。

正　阳

正天正地正阳光，正古正今正沧桑。

田野平正家园秀，民风纯正源流长。

汉阙文化传千古，黄公德高惠一方。

江国恰逢圆梦时，乐得石佛归故乡。

注：黄公，即黄宪（75—122），字叔度，号征君，正阳人，东汉著名贤士，以德高品正而闻名。石佛，正阳明代石佛，曾流落于台湾，于2012年回归故里。

确　山

盘龙山下盘龙城，锦绣中原看朗陵。

天目画廊风景殊，薄山秀水烟波涌。

靖宇英魂昭日月，秋收起义唱大风。

竹沟圣地燎原火，千秋照耀神州红。

注：1927年11月1日，杨靖宇领导了刘店秋收起义。

泌　阳

铜山逶迤林涛吼，白云顶上白云悠。

湖光粼粼鉴日月，泌河悠悠何倒流?

华山库存汉时水，岩画可读万年秋。

盘古在此开天地，人根宗祖名五洲。

注：华山水库在泌阳县羊册镇境内，建于西汉年间，是我国现存最早的水库。泌阳县羊册镇与黄山口乡发现有百余处上古岩画。

2013年6月

家乡记忆（组诗）

老　屋

槐草为檐泥作墙，挡风遮雨不苍凉。
心安陋室全家福，身居老屋寿命长。

小　河

小河弯弯绕村头，梦归大海日夜流。
少时曾游寻童趣，如今常忆是乡愁。

村　庄

桃树李树根连根，左邻右舍和睦亲。
一方田野四季歌，一座村庄一家人。

田　野

家居平原田野广，沃土寸寸米粮仓。
田垄阡陌织锦绣，草木稼禾皆文章。

水　井

村头水井慧眼睁，梦里日夜望星空。
可怜今生一腔泪，唯向饮者诉衷情。

拾　麦

面朝黄土背朝阳，一粒一穗拾麦忙。
血汗常在脚下踩，辛苦只为碗中香。

架子车

羊肠小路扬尘土，运人运粪运谷物。
两道辙痕连日月，一行脚印踏坦途。

饲养员

身居牛屋为养牛，头枕牛槽听牛吼。
相伴相视传心语，入夜共寝梦春秋。

刨红薯

斩头割秧一场战，抡起钉耙动地天。
奋力刨出昨日梦，喜看硕果万万千。

场面子

小小场面天地大，可容四野好庄稼。
石磙碾出稻谷香，粮囤富了幸福家。

稻　田

秋种油菜春插秧，黄花馥郁稻也香。
粮油丰产两相宜，农家日子更芬芳。

耕　牛

老牛奋蹄为耕耘，犁出春秋播白云。
一心只做垄中客，今生无愧种田人。

大堰塘

洗衣洗菜洗人心，洗去村庄身上尘。
欲忘昨日烦恼事，还向池中钓锦鳞。

铡　草

钢铡寒光向乱草，目视冤魂忍弯腰。
三人合演一台戏，曲终余音绕牛槽。

炊　烟

缕缕炊烟映朝霞，朵朵祥云福万家。
梦在云空香飘远，根系酸甜和苦辣。

农　民

脸向黄土背朝天，汗水热血洒田园。
播种喜闻泥土香，收获爱看粮囤尖。
春夏秋冬想雨顺，白天黑夜盼丰年。
鸡鸭牛羊全家乐，半生酸辣半生甜。

乡　邻

左邻右舍根连根，至亲挚诚一家人。
张王李刘窗相望，鸡鸭牛羊昼同群。
花开一枝满村香，犬吠三声百家闻。
世代传承礼俗乐，文明乡风惠子孙。

2013 年 6 月

童趣（五首）

放　牛

牧鞭一甩响云空，牛绳三尺绕梦境。
常伴鸟鸣哼小调，横骑牛背弄箫笙。

捡花炮

过年爱听爆竹声，欢乐总在心中鸣。
灯笼下面花满地，我在花里觅芳踪。

过　年

少时常盼除夕到，新春旧岁闹一宵。
灯笼点亮欢乐心，爆竹伴歌唱童谣。

捉迷藏

村中处处摆战场，东家藏来西家藏。
藏来藏去藏不住，为寻欢乐却慌张。

游　泳

酷暑难耐烈日炎，便向池塘试深浅。
潜入水底摸鱼虾，浮出水面戏荷莲。

2013 年 6 月

北乐山随吟（五首）

题石上古树

顽石生出千年木，不恋清泉不恋土。
日月根深穿石过，顶天立地入画图。

农家乐

黄瓜葫芦木耳蔬，野生野味美肴殊。
方言粗茶农家乐，一餐醉我半生途。

题玄都宫千年黄榆

古朴厚重生墙中，风雨淡定听蝉声。
汉时日月今仍照，枝叶仍留汉时情。

走北乐山即感

遮天蔽日草木深，溪水击石峡谷琴。
噪蝉骤起摇枝叶，随风撼动万里云。

访玄都宫旧址

玄都宫里玉皇尊，万寿榆下论古今。
汉瓦诉说沧桑变，残碑昭示后来人。

2013 年 8 月

街头吟（组诗）

行　人

街头行人总匆匆，脚下红尘连春冬。
相见未必曾相识，人心不同天地同。

楼　群

鳞次栉比看楼群，顶天立地接流云。
身居小巷遮望眼，日月暗淡岁月深。

广告牌

门头楼顶广告立，姹紫嫣红争斗奇。
甜言软语招来客，巧妆打扮惹人迷。
真真假假谁可辨，虚虚实实云雾里。
笑看风云市场变，欲向商海寻商机。

茶　馆

茗香四溢醉清风，琴弦如诗悦宾朋。
杯里日月四季照，茶中禅意悟人生。

车　流

喇叭声嚣扬埃尘，天地仿佛轰雷隐。
车流如水已泛滥，街头拥堵愁煞人。

红绿灯

红灯绿灯慧眼睁，看车看人看通行。
规则面前无贵贱，平安交通千秋功。

商　场

货色繁多迷人眼，多姿多彩争斗艳。
店员软语迎宾到，顾客杂谈绕耳边。
买者卖者不同心，讨价还价皆为钱。
商场不大天地大，四面八方各有缘。

公　园

欢声笑语乐满园，游人如织各自闲。
此处不是久留地，家中温馨最甘甜。

街　道

大街小巷路朝天，车流人流竞千帆。
晨起潮涌八方客，日暮潮落向家园。

广　场

漫步广场自悠闲，放下烦恼心境宽。
人来人往随意去，日出日落任乐观。

行政区

行政区里国旗飘，绿掩红映分外娇。
人来车往皆风流，日光月色更昭昭。
党心凝聚八方力，民意敢让天地摇。
公仆自在百姓中，鱼水相融品自高。

农贸市场

蔬菜禽蛋满市场，买者卖者费思量。
人从东西南北聚，货随万家流四方。

宾　馆

开门喜迎八方客，四季常奏饮酒歌。

佳肴美梦此地短，莫将光阴付蹉跎。

过街天桥

过街天桥似彩虹，方便交通惠民生。

人行桥上流云近，车驰桥下荡春风。

餐　馆

小小餐馆天地大，人来人往遍天涯。

佳肴惹得飞鸟驻，酒香醉了万人家。

塔　吊

铁臂展翅凌九空，披星戴月傲霜风。

愿将高楼平地起，甘为万家架彩虹。

2013 年 9 月

癸巳中秋乐山赏月

明月山中升，群峰隐巨龙。

桂花暗香来，野草微风轻。

秋虫琴声起，萤火数盏灯。

登高人亦仙，仿佛在月宫。

2013 年 9 月

打工者

走出田野进城中，虽穿草鞋也务工。
几度春秋洒汗水，偶到街巷叹红灯。
方言未改家乡话，梦里依稀故土情。
思妻念儿西风里，云遮雾绕看月明。

2013 年 10 月

留守儿童

昼盼爹娘夜守房，团圆梦里费思量。
身伴鸡鸭和黄狗，心远学堂与书香。
村头日日看归鸟，枕上夜夜数星光。
今生少了母子乐，可怜幼小心灵伤。

2013 年 10 月

拂　晓

夜色渐淡淡，星落残月边。
东方将拂晓，枕上未梦圆。
人勤宜早醒，霞好我先观。
一日在于晨，今生重今天。

2013 年 10 月

云梦山行吟（组诗）

溪边兰草

梦随鸟语飞星空，魂融溪水润生灵。
禅心不屑百花艳，芬芳唯与君子同。

云梦秋韵

山如龙虎云若梦，溪作琴弦韵无穷。
斑斓霜叶丹青就，松柏不老唱秋风。

山中落叶

斑斓霜花万千重，秋风落叶又一层。
魂系家园还护根，梦在青山怀抱中。

藤缠石

古藤缠绕年复年，春秋冷暖皆缠绵。
风雨难改执着意，只为石开魂照天。

百年栗园

春华秋实百年梦，枝摇叶飘一园情。
风雨日月今如昨，生老不同魂魄同。

2013 年 10 月

诗吟鸟鸣（组诗）

野　鸡

本为鸡族野为家，展翅未可向天涯。
善走低飞枉为鸟，不恋流云恋野花。

大　雁

能游善飞天地广，春来秋去辩沧桑。
雁阵南天写诗意，传我书信回故乡。

天　鹅

心向江海志高远，胸怀广宇凌九天。
一朝御风排云去，长将浩气写人寰。

鹦　鹉

锦衣迷眼妖娆装，巧嘴蜜语世人腔。
学舌困作笼中鸟，空想蓝天愧翱翔。

黄　鹂

黄羽锦衣小嘴红，软语脆音总动听。

鹂歌抒唱曲中意，翠柳鸣处忆杜公。

喜　鹊

喜鹊知晓人间情，长歌短调有意鸣。

报喜报忧语不变，是福是祸人不同。

麻　雀

麻雀虽小五脏全，枝头等闲歌声欢。

偶有鸿鹄凌云志，翅短梦长愧蓝天。

乌　鸦

天生一副黑模样，惹得墨客论短长。

善恶本由心底出，莫以相貌定忠良。

雄　鹰

敢斗风暴势威猛，冠比群鸟堪称雄。

生来偏爱天地阔，志在云端凌长空。

布　谷

布谷初夏昼夜鸣，千呼万唤农夫耕。

杜鹃花开红似火，应是子规血染成。

野　鸭

家居水域善游泳，志无凌云叹蓝空。

多情常与锦鳞戏，岸边偶尔笑渔翁。

2013 年 11 月

蔬菜咏（六首）

葫　芦

头圆腰圆肚儿圆，大圆小圆好梦连。
青春做菜对客饮，老来成瓢舀三餐。

白萝卜

上青下白天地分，清清白白君子魂。
无论生熟皆美味，不分贫富共酒樽。

土　豆

姓土名豆性本善，皮薄肉厚味甘甜。
赴宴常被客人爱，痴情甘做盘中餐。

辣　椒

青春翠玉老年红，有皮无骨腹中空。
辣味本是热心肠，爱恨在人各不同。

白　菜

玉肌冰心君子魂，一世清白不染尘。
脱尽素衣即为无，唯留真味世间存。

大　葱

翠肌玉立意葱茏，素心无华独尊容。
一清二白品自高，伴君三餐悟人生。

2013 年 12 月

美丽乡村（五首）

一

绿荫深处房舍新，小园芳菲香盈门。
家燕归来迷旧路，喜鹊放歌贺新村。

二

青山秀水绕山村，田茂粮丰富乡人。
开放迎来八面风，改革绘出四季春。

三

花香谷香香彩云，荷塘浅底醉锦鳞。
田园还看今朝好，农家走出画中人。

四

四季花开次第妍，农夫巧手绣家园。
村舍沃野千层画，稼禾渲染万顷田。

五

绿掩红楼村似锦，霞落万家花如云。
春秋依旧家园变，千里沃野天地新。

2013 年 12 月

百花图（十首）

牡丹花

国色天香占春光，丰姿丽质压群芳。
娇容翠眉引蝶舞，姚黄魏紫竞梳妆。
微风细雨百态生，一颦一笑情意长。
惹得游人共花醉，燕鸣清风赋华章。

洋槐花

老根质朴乡间槐，花开疑是飞雪来。
柔枝新叶香飘飘，冰肌玉肤云皑皑。

百日红

玉树环抱数点红，仰天俯地随清风。
嫣然一笑百日艳，花开花落似人生。

蝴蝶兰

如痴如醉落堂中，似舞非舞也多情。
可怜失魄羽翅软，空在温室做花容。

梨　花

如云似玉何皎洁，千树万树任飞雪。
春雨落英相思泪，魂销梦里伤蜂蝶。

杏　花

二月春浅蕊初放，羞与百花竞芬芳。
待到桃李花开时，暗洒落英谢红妆。

迎春花

梦里只为迎春来，迎来春光花即开。
喜看人间春来早，不惜隐身颜早衰。

油菜花

春风吹开遍地金，蜂拥蝶舞尽欢欣。
百花园中不争艳，芳名册里隐古今。

桃　花

嫩嫩粉粉如彩云，霓裳轻舞醉游人。
一缕芳香一园梦，一朵娇颜一片春。
柔情并非性轻薄，红销应为燃丹心。
陶潜一曲武陵赋，花开花落皆诗魂。

蜡　梅

独立寒冬铁骨铮，敢比冰雪冷香凝。
花落还留花魂在，迎春路上觅芳踪。

2014 年 3 月

竹沟彩云谷

竹沟彩云谷，风景天下殊。
朝霞落峡底，岩石如画图。
溪流琴声起，崖断飞银瀑。
浅潭映日月，青山卧龙虎。
草丰藏瑰宝，林密竞秀木。
绝地奇象生，梦幻百态出。
更逢好时节，春风新万物。
深山农家乐，户纳八方福。
老叟慈可敬，妇女娴且淑。
待我亲如归，话中见淳朴。
问及今如何，谢党谢政府。
临别欲留客，真诚感肺腑。
回首不忍去，流连忘返途。

注：竹沟彩云谷，在河南省确山县境内，属伏牛山余脉。

2014 年 3 月

读驻马店市诗歌大赛获奖作品

喜看文苑百花开，芳香缕缕四野来。
青山秀水皆文章，一草一木入情怀。
汝水源远润沃土，文明厚重育良才。
唐诗宋词为我用，天中日月更丰采。

2014 年 4 月 18 日

题悟颖塔

悟颖塔下塔无影，汝水河里水清清。
阅尽悬瓠千古事，见证日月天之中。

注：悟颖塔位于河南省汝南县城南，是唐代和尚悟颖所建，故名。据载，每年夏至时值正午，悟颖塔无影，故曰此塔是天下之中的见证。

2014 年 4 月

访宜春故城遗址

当年宜春堪繁华，如今荒径遍野花。
衙门威风何处去，残碑沉睡百姓家。

注：宜春故城遗址，在今汝南县和孝镇东南3公里处。

2014年4月

过刘备台

千里沃野筑高台，刘备点兵聚贤才。
壮士雄风何处觅，草木萋萋动地哀。

注：刘备台，在河南省汝南县和孝镇境内。

2014年4月

春日回家乡

一路野草一路花，几群牛羊伴鸡鸭。
好雨知时润芳菲，春风着意暖万家。
左邻二叔忙耕田，右舍三哥正种瓜。
新村处处农家乐，五福临门映朝霞。

2014年5月7日

母亲节逢雨怀念母亲

千悲万痛绕心头，微风细雨更添愁。
我以我心祭我母，泪水化作诗中流。

2014年5月11日

回乡即景

村头枯树昏，鹊鸣迎客人。
老屋风尘旧，庭院草木深。
邻居多新舍，身边少故人。
怅然忆往事，归来总悲心。

2014 年 7 月 13 日

访温泉小镇即感

嵖岈山下碧水悠，绿荫深处藏青楼。
温泉小镇美如画，四季花苑数风流。
林间漫步聆天籁，池中沐浴戏水游。
愿将心灵放此处，轻松可去人间愁。

2014 年 7 月

登乐山

今登乐山顶，欣然望天中。
南麓佛光照，北野骏马腾。
白云接霄汉，汝水映彩虹。
晴日千里阔，紫气满驿城。

2014 年 7 月

暮　归

夕阳笑出满天霞，归人心向幸福家。
闲树飞鸟醉晚风，月辉入窗共品茶。

2014 年 8 月

贺岳母大人九十寿辰

九十春秋路何长，岁月深沉世茫茫。
佛心常守当有报，好人一生总安详。
德行赢得邻里赞，善心可比日月光。
全家四代今欢聚，共祝延年寿无疆。

2014 年 9 月

暮晚临铜山湖

闻铜山湖近日水丰库满，是多年来蓄水之最，思念旧地，周末暮晚，驱车前往，临水而记之。

铜山湖水何泱泱，村舍隐隐野茫茫。
极目波涛连天远，不见当年沙滩长。
落叶作舟载愁绪，晚霞为桥渡残阳。
多少往事逐流去，堤岸依旧忆沧桑。

2014 年 9 月

蜜　蜂

飞越山河若等闲，乐向春秋舞翩跹。
爱花并非多情物，只将芳香酿蜜甜。

2014 年 10 月

冬游薄山湖

闻薄山湖今年是几十年来水位最高的一年，水丰库满，泱泱壮观，今泛舟而游，感而记之。

碧波连天接层峦，湖水有边心无边。
落叶老枝石亦瘦，泛舟白浪风觉寒。
往事已随流云去，旧痕今被新水淹。
回首岁月几蹉跎，愧负沧海挂云帆。

2014 年 11 月

祭 祖

十月初一民俗沿，祭祖追思到坟前。
旷野荒冢西风紧，老树昏鸦枯叶残。
心借供品寄哀思，泪随纸钱化轻烟。
上苍有意雨纷纷，先宗福荫有天缘。

2014 年 11 月

贺新春第一批重点项目开工

骏马迎春到人间，瑞雪呈祥兆丰年。
节日锣鼓乐悠悠，天中大地喜连连。
开放招商硕果累，项目建设捷报传。
今日植下幸福树，且看明朝花满园。

2015 年 2 月

参观平舆县上河城有感

小清河畔上河城，天中大地一明星。
购物休闲兼而乐，商业文化两相融。
物流人流商机多，产业事业百业兴。
环境友好堪典范，平舆又添好风景。

2015 年 4 月

父亲节悼念父亲

家翁驾鹤二十年，愁绪无边梦无边。
常忆教诲日三省，更念父爱夜少眠。
朴诚守正作家训，刚正不阿立人寰。
今洒泪水寄坟草，唯向九泉问平安。

2015 年 6 月

再游南海禅寺

南海今来处处新，仿佛又添几多神。
殿中菩萨常含笑，苦行僧尼欲断魂。
袅袅香烟凝肺腑，声声木鱼醒凡尘。
人生几何难圆梦，因此还寻世外心。

2015 年 6 月

贺《天中诗词》创刊

虎踞龙盘看天中，人杰地灵自古名。
天中诗刊一枝秀，群贤毕至唱大风。

2015 年 6 月

赏庭院铁树花开

2015年7月16日回家乡,恰遇庭院中铁树花开,感而记之。

庭院铁树花怒放，陋室生辉福满堂。
凤凰展翅亭亭立，玉容迎风暗暗香。
傲骨超凡向日月，丽质脱俗盖群芳。
此君明志最淡泊，甲子一笑意味长。

2015年7月16日

登蔡国古城墙

墙老土旧草木新，人去物换岁月深。
蔡国故地三千载，无非春秋古与今。

2015年9月19日

访蟾虎寺

秋深草木黄，寺破少灵香。
蟾虎何处去，僧尼地下藏。
菩萨笑微微，尘世仍茫茫。
万物有兴衰，唯留佛光长。

注：蟾虎寺，在河南省上蔡县境内。

2015年9月19日

谒李斯墓

卧龙岗上藏卧龙，李斯楼前寻遗风。
千古名相功与过，枯草荒冢后人评。

2015年9月19日

中秋夜逢雨即感

细雨霏霏满驿城，中秋未见蟾宫明。
阴晴有变月不变，苍天无情人有情。
遥想千里此时客，应望婵娟故乡中。
借来桂香传我意，团圆梦里御长风。

2015 年中秋节夜

赏月偶得

云卷云舒云如梦，亦真亦幻星空中。
玉兔绝非人间有，嫦娥但愿天下平。
清辉流水洗我心，银盘悬镜鉴人生。
飞天登月今成真，一览沧桑万古情。

2015 年 9 月 29 日夜

农家乐

云作银屏山作画，绿荫深处有农家。
花容迷人好聚友，溪流拂琴宜品茶。
酒香醉了枝头鸟，杯中落下满天霞。
携友闲来寻幽静，观雨听风话桑麻。

2015 年 9 月

再登乐山

乐山之乐高云端，路有坎坷十八盘。
鸟鸣尽处惊绝壁，松涛声里流清泉。
幽径芳草日日新，玉阶行人步步艰。
老林深处夕阳早，光阴催我再登攀。

2015 年 10 月

邻居院竹

几竿青竹不成林，斜影无语半掩门。
清风吹响管中乐，细雨描出箭里魂。

2015 年 10 月

说　家

文明之家风清明，幸福之家乐融融。
创业之家家富有，和睦之家家安平。
绿色之家春常在，书香之家多英雄。
家训家规家风好，福寿长存天地中。

2015 年 12 月 17 日

深夜走笔

星月何暗淡？雾霾迷苍天。
窗前枝头冷，风中夜色寒。
深巷幽且静，闹市渐入眠。
忧思枕上人，三更躁少安。

2015 年 12 月 19 日

小雪时令返乡途中逢雨

年到小雪雪作雨，霾雾笼罩暗天宇。
西风吹瘦万千树，南雁歌吟思乡曲。
落叶无边掩路径，大野深处见残菊。
秋去冬来景皆好，心宜四时何生虞。

2015 年 12 月

寄友人

岁深思念远，云高天地悠。
微雨多凄凄，虫声何啾啾。
窗前秋枝老，风急落叶稠。
且随汝河水，流尽思君愁。

2015 年 12 月

冬日闲赋

北风凛冽卷寒云，残叶横飞去老林。
登高常嫌遮望眼，出门只怕雾缠身。
闲向深巷寻幽静，烦见灯红乱人心。
梦里追雪随意舞，一洗玉宇万里尘。

2015 年 12 月

腊八寅时梦慈母

腊月初八喝粥时，又逢慈母诞辰日。
驾鹤三年生死别，挥泪十首悲痛诗。
音容笑貌今犹昨，老屋旧梦夜有思。
孝心未尽愧对天，碎心愁肠谁相知。

2016 年 1 月

夜半闻雨

丙申岁首客京城，夜半闻雨入梦中。
遥想家乡兰初放，香溢四野笑春风。

2016 年 2 月 13 日

登金顶山

春风暖金顶，草木初浅青。
人面桃花笑，鸟语幽兰情。
泉水鸣九曲，吾心飞云层。
踏平坎坷路，贵在敢攀登。

2016 年 3 月 12 日

赏油菜花

春风和畅草木新，油菜芬芳遍地金。
花香花艳花如海，醉天醉地醉人心。
处处鸟语歌盛世，翩翩游人织绣锦。
美丽乡村童年梦，流连忘返忆耕耘。

2016 年 3 月 20 日

桃园行

万亩桃李园，芳香飘云天。
鸟鸣枝叶翠，果落老树残。
人拥疏影下，车驱十八弯。
共赴蟠桃会，欲约王母仙。
桃李人生味，谈笑有酸甜。
浅尝知风雨，细品情无边。
闲语话桑麻，清心看云卷。
欢声老翁乐，笑语童子顽。
桃园禅意多，归来思陶潜。

2016 年 5 月

摘　桃

三月红雨落何处，五月肺果正飘香。
摘桃不是栽桃人，原来因果有苍凉。

2016 年 5 月

母亲节逢雨

苍天有意雨作泪，人间孝道动地哀。
阳光雨露日月照，乾坤难比慈母怀。

2016 年 5 月

无　题

夜深星月暗，灯火意阑珊。
忧思春风里，闲步清河边。
行人何匆匆，微风何绵绵。
归来难入梦，静观庭前兰。

2016 年 5 月

登白云山

龙腾虎跃白云山，遥望铜峰九重天。
风动松涛路叠翠，水生紫气壑绕烟。
鸟鸣诗韵断崖处，童放牧歌白云间。
峰顶更览风光好，人生贵在敢登攀。

注：白云山，在河南省泌阳县境内，海拔 983 米。

2016 年 5 月

晨　起

邻家鸟语早，晨起朝霞中。
庭院观闲云，太极生雄风。
茶品一两盏，诗吟三五声。
心随梦境去，满腹春秋情。

2016 年 5 月

异乡思

长夜梦何有？碎心何所求？
忍看月缺时，枕上独思忧。

2016 年 6 月

庭前观雨

雨声若琴弦，其意也绵绵。
感人情相宜，润物爱无边。
桂花枝叶新，金杏芳香远。
可恨雾朦胧，深处未可观。

2016 年 6 月

晨　思

小窗半开朝霞涌，茗茶三品肺腑清。
书香伴我悟尘世，酸甜苦辣总有情。

2016 年 6 月

深夜听雨

窗外夜色湿淋淋，灯下书香入禅心。
借来新雨煮旧茶，品出诗句寄知音。

2016 年 6 月

夏夜思

西风吹去炎热痕，新雨带来夏夜凉。
尘封旧事潜入梦，枕上窗外两茫茫。

2016 年 7 月 1 日

乐山湖

碧波青山蓝天映，环湖花开万千红。
八面来风荡秀水，云落几朵入画屏。

2016 年 7 月 17 日

夜宿京城忽闻雷雨

夜半雷雨动京城，枕上梦断心未平。
遥想庭前兰花好，乡思已满故园中。

2016 年 7 月

晨　练

紫燕剪云云雾开，桂花迎风风声来。
朝霞一抹临窗照，人入画屏到蓬莱。

2016 年 8 月

雨中临宿鸭湖

雾雨湖光意苍茫，残荷丛苇韵悠长。
观水不羡鸭鱼潜，欲学姜公钓沧桑。

2016 年 10 月

临乐山遇浓雾

弥天云雾物朦胧，满山风雨动秋声。
无缘识得真面目，魂魄尽在梦幻中。

2016 年 11 月

观南海禅寺灯火秀

盛世天中春来早，夜色深沉也妖娆。
华灯争艳花千树，彩光流香上九霄。
汝水悠悠丽妆梳，禅寺处处芳菲飘。
卧佛正圆游者梦，笑看人间闹春潮。

2017 年 2 月

新年飞雪

金鸡高唱春早到，丁酉初开梨花飘。
瑞雪有情兆丰年，乾坤素裹更妖娆。

2017 年 2 月

春日听雨

一巷新雨伴春风，几树绿叶奏琴鸣。
落花有语共我诉，低吟浅唱总是情。

2017 年 4 月 8 日

又登白云山

蝉鸣鸟啭乐融融，木秀草荣万象生。
迷眼娇艳花几点，袭人芬芳满苍穹。
南望铜峰猛虎卧，北瞰板桥蛟龙腾。
白云顶上白云近，登高开怀天地清。

2017 年 4 月 16 日

枇杷熟了

一树珠宝黄，满院清风香。
新叶弄疏影，老枝摇韶光。
霞飞流云醉，蝶舞雀歌忙。
风雨酸甜味，君品几沧桑？

2017 年 5 月 2 日

题盆景野杜鹃

映山红颜向天涯，何夕沦落盆做家。
魂绕老根般般痕，愁系新叶朵朵花。

2017 年 5 月 21 日

驱车荒漠途中

荒漠无边心无边，眼底无碍云自闲。
偶向绿洲寄乡思，直把边塞当中原。

2017 年 8 月

夜宿高家湾

宅居山间天自高，绿林深处暑气消。
夏日敢比秋日凉，虫吟胜似鸟声娇。
人间银河萤明灭，野外酒家蝉寂寥。
茶香飘出异乡思，诗情敲句入梦遥。

2017 年 8 月

卷四

浪淘沙·春节逢雪有感

岁月总匆匆，又过秋冬。新年瑞雪舞长空。
千树梨花千树玉，寰宇冰清。
回首忆人生，往事朦胧。蹉跎岁月也峥嵘。
雄虎迎春春早到，气壮豪情。

2010年2月28日

浪淘沙·秋日寄友

夜半尚无眠，漫步庭前，疏星清冷月光寒。
忆起当年何梦远，多少心欢。
难忘酒樽前，谈笑人间，知音醉了二更天。
情谊长青人苦短，莫负流年。

2010年9月

浪淘沙·冬月登山

天地雾茫茫，四野苍凉。登山恰遇冷风狂。
横乱荆棘拦我路，欲断愁肠。
看古寨残墙，疑是坟场。寒枝枯草暗悲伤。
处处顽石皆有痕，似有洪荒。

2010年12月

蝶恋花·迎龙年

玉兔辞岁将去远，又到新年，春到人间变。共庆佳节同把盏，明朝更看山河艳。

龙舞乾坤春风满，鞭炮欢歌，诗颂声声慢。新地新天旗漫卷，复兴梦里齐心干。

2012 年 1 月

蝶恋花·中秋节感赋

离恨别愁肠已断，满腹情思，话有千千万。梦里依稀人更远，信息几读心头乱。

今在中秋独把盏，遥想天涯，千里婵娟暗。月下闲庭谁为伴？我心借与南飞雁。

2014 年中秋节

蝶恋花·春深

遍地芬芳风荡漾，草茂春深，柳絮和风畅。陌上槐花今怒放，冰清颜玉谁能赏？

沃野青山翻碧浪，锦绣天中，放眼山河壮。听惯黄鹂常吟唱，春光永驻人心上。

2016 年 3 月

蝶恋花·庭院春晚

红瘦绿肥春已晚，夕照残英，可怜韶光短。
青杏满枝香梦懒，临窗共语归来燕。
细雨轻轻云淡淡，莺语绵绵，诉了谁心愿？
日月无情霜鬓染，未酬壮志空肠断。

2016 年 4 月

蝶恋花·春日寄友人

又是一年花落尽，杨柳清风，雾锁绵绵雨。
一梦醒来春已暮，街头闹市添愁绪。
纷纷凋英香满路，看尽行人，君面堪难晤。
盛世年华曾几度，老来唯恐春光误。

2016 年 4 月

蝶恋花·重阳节旧友相会

落叶萧萧秋气横，旧友今逢，还把重阳庆。
老酒金菊香正浓，邀来明月摇清影。
说罢龙孙说彩凤，快乐天伦，同贺家庭幸。
对饮千杯难尽兴，晚年最是人情重。

2016 年重阳节

卜算子·春雨

还是旧时雨，今又如期至。占尽春色更护花，处处风流事。

润物细无声，报我凌云志。又是一年万物新，莫说花相似。

2012 年 4 月 11 日

卜算子·七夕

喜鹊架星桥，千古情难了。今世七夕有几时，相会何其少。

思念望银河，常梦蓬莱岛。地久天长爱恨多，可怜人将老。

2012 年七夕节

卜算子·乡愁

梦做少年游，长忆当年好。一寸乡思一寸愁，怀旧情难了。

今日故园回，往事谁知晓？狗吠鸡鸣仍旧音，笑我人将老。

2012 年 11 月

卜算子 · 咏竹

庭院几枝竹，仍在寒冬绿。沐浴清风气自高，独自拨云雾。

风度比君子，铁骨饮清露。四季如春若等闲，梦在凌云处。

2012 年 11 月 26 日

卜算子 · 秋柳

碧水漾清波，相映河边柳。昔日黄鹂几度鸣，今与寒鸦守。

秋色梦中摇，叶落风中走。老树逢霜绿亦黄，心比枯枝瘦。

2013 年 11 月 27 日

水调歌头 · 春

冬去梅枝瘦，春到换人间。鹅黄岸柳迷眼，清影舞翩翩。昨日别了霜雪，今日迎来风暖，梦醒已春天。天地惊雷起，好雨润田园。

草木绿，桃李艳，燕声欢。登高放眼，虎跃龙舞闹中原。物有枯荣衰兴，天有星移斗转，莫叹落英乱。佛眼观尘世，四季尽春天。

2012 年 3 月

水调歌头·壬辰中秋感怀

又赏中秋月，把酒问青天。神九昨日报到，华夏震人寰。且请吴刚献酒，再让嫦娥伴舞，天地共婵娟。自古天堂梦，总是在人间。

携家眷，踏月色，忆当年。青春易逝，物换斗转晚霞边。回首峥嵘岁月，品读春秋四季，往事也如烟。放眼看明朝，老骥待扬鞭。

2012 年 9 月 30 日

水调歌头·母亲一周年祭

慈母乘云鹤，转眼已一年。难消肠断悲苦，梦里几团圆。常忆挑针灯下，总想音容笑貌，往事绕心间。生死人别去，梦里痛无眠。

堂前孝，儿未尽，此生憾。未曾侍奉，愧少膝下问暖寒。今日捧心来祭，跪对荒冢孤寂，心裂泪潸潸。我欲呼天地，但愿九泉安。

2014 年 1 月 26 日

水调歌头 · 贺中共十八届四中全会

十月金秋好，遍地果飘香。四中全会谱写历史新篇章。推进依法治国，倡导公平正义，安定更兴邦。百姓得福祉，齐力建小康。

复兴梦，百业举，铸辉煌。大河上下，携手并进向前方。坚持改革开放，走好中国之路，华夏正荣昌。崛起今朝看，国泰万年长。

2014 年 10 月

点绛唇 · 春将去

四月风柔，绿肥更显红花瘦。水清山秀，蛙韵新雨后。

春去何求，梦里风雨骤。君知否？物移情旧，但愿人长久。

2012 年 4 月

点绛唇 · 散步吟

明月当头，清风有意摇疏影。万家灯映，酒醉一城梦。

漫步随心，轻步踏幽径。听虫吟，雅声以颂，且与诗文共。

2012 年 9 月

点绛唇·金顶山秋日感怀

秋到金山，九曲沟壑层林染。草枯枝瘦，霜叶多斑斓。

云卷西风，仰望南飞雁。心头乱，旧人何远，回首肝肠断。

注：金顶山，在河南省驻马店市境内。

2012年11月11日

点绛唇·夕阳

雨后夕阳，拨开云雾一如洗。彩虹舞起，霞映蓝天碧。

日影难留，往事曾何几？少年志，半生未已，梦向桃源寄。

2013年11月27日

点绛唇·秋末过宿鸭湖

水阔云闲，芦花摇曳情万种。岸边枝瘦，飞鸟何倥偬。

北望波涛，浩渺连天动。西风冷，几叶舟横，雁吟渔人颂。

2013年11月29日

阮郎归·重阳

中秋过后又重阳，西风梦里凉。小楼独饮费思量，品茶忆故乡。

云淡淡，雁飞翔，天高水又长。登高难以减愁肠，心随落叶黄。

2012年10月9日

如梦令·回乡

小院春风如昨，树老草新墙破。追梦忆当年，别后几曾花落？花落，花落，愧我功非名错。

2008年3月

如梦令·庭院赋（三首）

桂花

丹桂蕊心初露，邻里芬芳飞舞。风雨暗销魂，梦断今宵何处？何处，何处，香满万家门户。

小菜园

几串豆角长挂，三垄黄瓜压架。汗洒菜园中，绘就风光如画。如画，如画，无论春秋冬夏。

石榴

五月石榴花浓，占尽小园风景。无意竞群芳，不恋春风春梦。可敬，可敬，儒雅君子堪颂。

2013年8月

如梦令·庭院咏

二月杏桃春早，凤舞花香缥缈。秋到果儿丰，勿说绿肥红少。真好，真好，小院春光不老。

2013 年 8 月

如梦令·自嘲

转眼今生将老，错过春风芳草。落叶又秋深，添我几多烦恼。烦恼，烦恼，且向梦中求好。

2013 年 9 月

鹧鸪天·端阳感怀

吟诵离骚欲断肠，魂哭屈子祭端阳。史册难记忠骨恨，艾叶常飘诗韵香。

君梦苦，路茫茫，求索上下奈何长。年年祭拜年年痛，千古昭昭日月光。

2013 年端阳节

鹧鸪天·薄山湖月夜

醉酒身斜柳岸风，薄山湖里月朦胧。几滴清露随星闪，芳草萋萋萤火明。

听四野，荡虫声，暗香不语入怀中。薄山湖水今宵好，堪比瑶池玉宇宫。

2013 年 7 月

鹧鸪天·对镜吟

镜影恍惚暗自伤，皱纹深处误时光。今生已是容颜老，岁月峥嵘往事茫。

秋雨至，更苍凉，明朝两鬓染寒霜。暮年偏爱夕阳好，对酒作歌福寿长。

2013 年 9 月

鹧鸪天·登盘龙山

九月盘龙处处秋，凉风有意瘦枝头。鸟鸣千树霜花好，北望朗陵一眼收。

云淡淡，水悠悠，龙王庙里去忧愁。赏菊漫步南山下，仙境何须梦里求。

2013 年 10 月 13 日

鹧鸪天·登铜山

每上铜峰感悟深，赏山乐水长精神。下元寺里观风雨，滴水崖前听梵音。

攀万仞，过天门，悬阶步步入白云。清心已在人尘外，揽月咏诗论古今。

2013年10月26日

鹧鸪天·西湖晨照

雨后西湖物象新，琼楼玉宇旧无痕。无边碧波霞光照，苏堤行人欲断魂。

闻鸟语，看锦鳞，雷峰塔上醉流云。斑斓霜叶西风染，岁在初冬也似春。

2013年11月

满江红·贺中共十八届三中全会

秀水青山，同起舞，举国共庆。十八届三中全会，绘出新景。发展面临新起点，改革奏响进军令。里程碑，政策鼓人心，风雷动。

指方向，有《决定》。旗帜举，能量正。看宏图大展，祖国昌盛。走好中国特色路，振兴华夏为百姓。莫等闲，我辈正腾飞，百年梦。

2013年11月

满江红·纪念毛泽东诞生120周年

千古豪杰，谁可比毛公风范。东方亮，日出霞照，五洲云卷。马列旗帜高举起，建军建党挽狂澜。败蒋贼，赶走鬼子兵，驱黑暗。

唤民众，千千万，齐努力，人间变。令江山气象、宇寰灿烂。走过求索途漫漫，民族梦想得实现。看今朝，复兴正逢时，乾坤转。

2013年12月26日

浣溪沙 · 龙年元宵

火树银花似舞龙，人间处处落繁星。欢天喜地满驿城。

月色皎洁澄玉宇，灯笼高挂照人生。龙年无处不春风。

2012 年元宵节

浣溪沙 · 清明

又到清明扫墓时，坟前青草仍摇曳。年年今日寸肠结。

片片落红作溅泪，纷纷细雨感时节。人间最痛是离别。

2013 年 4 月

浣溪沙 · 初秋

一缕莲香昨夜收，枝头风里已生秋，蝉声渐短韵难留。

云淡如烟流往事，叶枯几树起新愁，明朝镜里叹白头。

2013 年 8 月

浣溪沙 · 秋情

天际云随雁阵长，枝寒绿瘦露成霜。归乡路上断愁肠。

无奈风中悲落叶，何如篱下觅菊香。等闲赋诗也风光。

2013 年 11 月 25 日

浣溪沙 · 送别

淡饭粗茶对酒樽，秋深浓雾易销魂。千杯不醉送别人。

西去山河空念远，满城风雨更伤心。从今梦里觅知音。

2013 年 11 月

浣溪沙 · 岁末感言

走过春秋忆旧年，风风雨雨似云烟。人生如梦梦难圆。

看破红尘方淡定，踏平坎坷自行远。明朝岁月更等闲。

2013 年 12 月

临江仙·晨起偶感

阵阵鸟鸣惊梦醒，朝朝总似曾经。枕边昨夜又东风。推窗明月去，晨露映残星。

小楼迎来旭日升，心留几缕霞红。壮年豪吟大江东。人生何苦短，爱恨也空空。

2013 年 8 月

临江仙·晚宴遇旧友

旧友相逢同把盏，席间多少寒暄。推心置腹忆当年。三杯人微醉，喜笑妙语连。

转眼十年今相见，只说往事如烟。新情旧谊诉樽前。开怀当尽兴，人离二更天。

2013 年 10 月

临江仙·天中山怀古

天下之中何处是？豫州汝宁名城。此地最是月辉明。周公行大道，测影定辰星。

一丈山高灵气大，只缘三字碑文。挥笔留下万古情。墨香流汝水，雨露润苍生。

注：三字碑文，指颜真卿题写的“天中山”。

2013 年 11 月 29 日

江城子·贺嫦娥三号登月

嫦娥三号上云天，几千年，梦团圆。寂寞寒宫，玉兔舞翩翩。历尽苍茫说探险，留倩影，在虹湾。

偶来月地看奇观，望宇寰，无人烟。此处荒凉，风景在哪边？喜看红旗今日展，天地转，似人间。

2013 年 12 月

江城子·看九湖

九湖如画美名扬，看蓬莱，赏风光。环顾群山，千里共云长。极目层峦腾猛虎，云浪涌，雾茫茫。

迎风临水慢徜徉，醉晚霞，见鱼翔。小憩轻松，品茗话夕阳。日暮归来情未尽，且饮酒，梦异乡。

2014 年 6 月

江城子·看梁祝墓

梁祝墓上草青青，捻花红，觅虫鸣。两块碑文，一路隔西东。清露仿佛长恨泪，蝶儿舞，鹊多情。

读风读雨读荒冢，物朦胧，梦朦胧。地久天长，生死愿难成。绝唱一曲千古颂，魂相守，感天中！

2017 年 5 月

江城子·晨练

霞光疏影雀啁啾，舞枝头，唱枝头。金杏珠圆，小院也风流。清露春风长相守，福满楼，度春秋。

每当晨练意赳赳，手揉球，臂轻悠。意守丹田，淡然去烦愁。大道闲情该忘我，功未就，梦何求？

2017 年 5 月

清平乐·元旦

又逢元旦，喜气冲霄汉。捷报传来千万万，还看沧桑巨变。

五洲虎跃龙腾，中华正展雄风。小小寰球转动，朝朝旭日东升。

2014 年 1 月 1 日

清平乐·春眠

春风细雨，柳叶轻轻坠。饮酒花前人易醉，忘却闲情浓睡。

几颗杏儿青青，园中乱了鸟声。昨夜曾闻燕语，醒来仍在梦中。

2014 年 3 月

十六字令·春（三首）

春　风

春，风暖吹出草木新。情切切，舞动百花裙。

春　色

春，姹紫嫣红似彩云。莺歌处，芳菲满乾坤。

春　雨

春，好雨知时昨夜临。声声慢，人醉梦花魂。

2014 年 3 月

十六字令·秋（五首）

秋　风

秋，萧瑟西风枕上忧。寒霜染，梦里叹白头。

秋　叶

秋，落叶飘飘任去留。归何处，飞雁寄乡愁。

秋　雨

秋，细雨绵绵似幔绸。鸦声咽，霾雾几时休？

秋　夜

秋，夜阑虫声荡四周。西山月，色冷梦幽幽。

秋　色

秋，霜叶缤纷也风流。云天淡，色冷满荒丘。

2014 年 9 月

减字木兰花·春夜赏月

东风渐暖，一树花开春满院。明月悠悠，遍地清辉似水流。

清香暗舞，几点落英留不住。疏影杂陈，人与新枝一样新。

2014 年 3 月 16 日

西江月·晚春

又到晚春时候，难留几树花飘。人间何处觅妖娆，偏爱池边野草。

莫叹韶光易逝，明朝还胜今朝。寒来暑往总逍遥，阅尽云天独好。

2014年4月

西江月·走天堂寨大峡谷

日照峡谷霜染，鸦鸣满壑秋风。悬崖断处好风光，仰看蓝天一横。

银瀑飞云天外，清潭在乱石中。水流潺潺似琴歌，醉了锦鳞听众。

2014年5月

忆江南·梦家乡

多少次，月夜梦家乡。还是当年庭院好，鸡鸣狗吠戏牛羊。喜气满村庄。

2014年5月2日

忆江南·暮春（二首）

一

春已暮，处处看残花。桃李无语青杏小，细雨微微垂暮纱。归燕入人家。

二

忆往事，梦里偶听蛙。邀与故人回故园，舀来新水煮新茶。惜春叹年华。

2016 年 4 月

扬州慢·登白云山感怀

甲午年，登白云山直抵玉皇大殿。当日天气晴朗，游人稀少，殿门冷清。立江淮分水之寸土，仰玉皇肃穆之尊容，览群山天际之风光，思而赋之。

一览群山，氤涌云雾，胸怀四面来风。看伏牛北去，正奋力躬耕。叹脚下，江淮寸土，划分两地，流域分明。感苍天有意，神奇尽在天中。

玉皇大殿，去红尘，清清冷冷。仰肃穆尊容，沉稳静坐，似有深情。总把世间轻看，仿佛是，笑我匆匆。问上帝知否，沧桑几度人生？

注：伏牛，指伏牛山，白云山属伏牛山余脉。

2014 年 5 月 24 日

破阵子·乐山楚长城怀古

千古残墙不老，绵延数里长城。石里依稀刀影闪，云外传来战马声。闯王曾点兵。

遥想英雄饮血，今朝还看花红。日月昭昭壁垒旧，风雨年年草木青。今当歌太平。

2014 年 6 月

太常引·参加市政协捐赠活动有感

扶贫助困竞捐赠，善举惠民生。解苦到基层，雪中炭，吹来暖风。

牢记宗旨，关心群众，干部有深情。百姓赞天中，党真好，人和政通。

2014 年 6 月

永遇乐·访红罗山书院遗址

书院名扬，红罗遗址，年少曾睹。今又登临，凄凉满目，岁月无寻处。鸦飞老树，风吹汉瓦，野草掩了前路。叹烟云，暑往寒来。长恨已越千古。

残墙旧土，悠悠流水，不见当年人主。化蝶有魂，梁祝犹在，仍似寒窗读。知音相遇，何分男女，只应朝朝暮暮。有情者，天长地久。死而不负。

注：红罗山书院，即梁山伯、祝英台读书处，遗址在河南省汝南县境内。

2014 年 5 月 1 日

齐天乐·贺 2014 年夏季南京青奥会

喜闻青奥南京会，迎来万国宾友。举世欢歌，普天庆贺，邀与天公把酒。龙腾虎跃，健儿展雄风，竞先恐后。飒爽英姿，古都今日看新秀。

风流华夏儿女，共圆复兴梦，同力携手。情谊为怀，风格高尚，更显精神抖擞。凯歌正奏，仰望五星旗，气凌霄九。瞩目中华，美名扬宇宙。

2014 年 7 月

念奴娇·朱德颂

近日看电视连续剧《开国元帅朱德》，深为朱德元帅的伟人风范、英雄风采、平人风格而仰心，情之使然，感而赋之，以示缅怀。

南昌枪响，义旗举，直捣军阀反动。建立井冈根据地，唤起八方民众。大略雄才，运筹帷幄，何惧寒刀横。破了围剿，只说贼蒋无用。

遥想元帅当年，统千军万马，战无不胜。弹雨枪林人若定，方显传奇朱总。公仆情怀，宽胸大爱，德比高山重。伟人风范，英名今古传颂。

2015年6月

念奴娇·登铜山

翠峰霞蔚，望乡野，仰览云舒高远。几壑松涛，风影动，疑是蓬莱再现。虎跃层峦，绿林似海，俯视飞龙潜。下元禅寺，如了多少心愿。

流水琴韵潺潺，奏春歌夏韵。洗心消倦。泌水倒流何所意，只怕光阴难返。浩渺铜湖，朝夕万变，西去波涛卷。水天一色，这边风景无限。

2015年8月

念奴娇·又逢秋雨

又逢秋雨，正望断，飞雁几行南去。落叶飘飘风瑟瑟，乱了乡情愁绪。梦驾青云，神游故里，还与鸡犬语。魂萦村野，欲邀乡老别叙。

归去常忆陶公，采菊东篱下，淡泊求趣。四季往来皆有序，何念春秋寒暑。岁月峥嵘，沧桑应看我，鬓发霜染。人生苦短，明朝人在何处?

2015年10月1日

望海潮·看夏河梨花

泌阳形胜，夏河山水，妖娆最数梨花。每到春来，繁花似锦，云飘十万人家。千树竞繁华。看蜂戏蝶舞，爱恋交加。有意东风，异香随远，遍天涯。

溪边漫步听蛙，有鸟鸣相和，其调清雅。妙龄儿郎，窈窕淑女，接踵摩鬓肩擦。处处乐哈哈。看满山村野，地秀人佳。风景这边独好，堪让世人夸。

注：河南省泌阳县马谷田镇夏河村有梨树万亩，每值花季举办梨花节，游人如织，胜景迷人。

2015年3月

望海潮·中国梦

泱泱华夏，悠悠历史，文明源远流长。叹我民族，求索上下，百年多少辉煌。漫漫路茫茫。捣封建帝制，辛亥图强。抗战成城，赶出倭寇，救国亡。

人民吐气扬眉，看中国站起，屹立东方。自力更生，团结奋斗，复兴凝聚能量。圆梦誓兴邦。走改革之路，谱写华章。实现宏伟夙愿，明日铸辉煌。

2015 年 7 月

忆秦娥·立秋雨

西风举，立秋落下及时雨。及时雨，暑消尘静，噪蝉声去。

虫鸣四野多情趣，独酌老酒心欢愉。心欢愉，登楼望远，雁飞诗句。

2015 年 8 月

忆秦娥 · 秋风辞

秋风颂，长歌万里山河动。山河动，草枯石瘦，际天云涌。

绵绵细雨飞叶重，沉沉夜半虫声冷。虫声冷，梦归何处，故乡情浓。

2015 年 8 月

忆秦娥 · 中秋月

中秋月，苏公曾赋词一阕。词一阕，流传千古，赏心神悦。

嫦娥有梦清风借，相思可把千山越。千山越，人间天上，意绵情切。

2015 年中秋节

忆秦娥 · 咏菊

凌霜立，秋深笑傲清香远。清香远，雍容娇艳，芬芳云卷。

临风忍看飞英乱，采菊篱下学陶潜。学陶潜，魂归心隐，水天闲看。

2015 年 9 月

忆秦娥·思乡

云淡淡，南飞雁阵声声慢。声声慢，游子肠断，故乡何远？

西风老了当年愿，重阳梦里心头乱。心头乱，残菊寂寞，梦萦秋晚。

2015 年 10 月

忆秦娥·咏梅

迎冰雪，蜡梅朵朵枝头笑。枝头笑，凛然怒放，暗香萦绕。

玉装更显红颜俏，凝重方见风骨傲。风骨傲，谁识寒友，志当春报。

2015 年 12 月

桂枝香·过三王墓

苍茫满目，看四野晚秋，万木萧肃。远望炊烟袅袅，晚霞如幕。一堆黄土残阳里，向西风，仿佛愁绪。小河流水，绕村围舍，映门入户。

善与恶，三头并煮。叹义举肝胆，魂在何处？可怜楚王在此，与民同墓。当学小子眉间赤，献头颅，舍命为父。至今乡里，犹传逸事，任评荣辱。

注：三王墓，在汝南县和孝镇西北处。

2015 年 10 月

苏幕遮·忆旧友

夜深沉，人未寐。孤影星疏，月冷人憔悴。今又秋风今又恨，落叶飘飘，疑是君来会。

暗销魂，心已累。梦里情长，好友肝胆对。美酒独酌多苦味，寒露沾身，应是心中泪。

2015年10月

风入松·走千年银杏谷

万棵银杏势苍茫，十月裹金妆。老枝不怕西风冷，披寒霜、梦里飘香。远望三山金甲，一谷诗韵悠长。

吟风啸雨向天堂，堪做树中王。禅心慧眼观尘世，其心静、其寿无疆。阅尽人间千古，诉说正道沧桑。

注：千年银杏谷位于湖北省随州境内，是世界四大密集成片的古银杏树群落之一。

2015年10月

沁园春·早春

几点桃红，杨柳新黄，草木渐香。看池中鸭戏，先知水暖，怡然自乐，情义绵长。叹我独闲，已成迟暮，今世能圆几梦想？须行乐，看灯红饮酒，何再彷徨？

常愁天地茫茫，与旧友，花前酌芬芳。应隐求山水，观云吟赋，临风赏月，勿负沧桑。老眼昏花，忘今怀古，梦里童年到故乡。志未已，想年年岁岁，总有春光。

2015 年 2 月

沁园春·驻马店

雄踞黄淮，天下之中，扼控四方。问开天盘古，皇家建店，夏禹宝鼎，谁主沧桑？相会星桥，梁祝佳话，汝宁名府自古强。兴驿站，看中原逐鹿，驻马何方？

天中天下天堂，冠华夏，驿城四海扬。赞风光独好，碧波竞秀，山林争翠，沃野画廊。天下粮仓，中原宝藏，物阜民丰鱼米乡。乾坤转，正扬鞭策马，发奋图强。

2015 年 8 月

沁园春·信阳

龙潜淮河，虎踞金刚，凤唱太空。看红色圣地，豪杰辈出，沧桑厚重，源远文明。达略黄歇，谋国叔敖，治闽开漳唱大风。兴亡事，念蓼黄故里，岁月峥嵘。

申城自古闻名，待今日，茶都花更红。数物华天宝，碧波鱼跃，青山纵横，秀木吐英。鱼米之乡，地连三省，汉韵楚风恰相融。蓝图就，正雄鸡高唱，万马奔腾。

注：信阳，即河南省信阳市，古称申城。金刚，即金刚台，属大别山山脉，海拔1530米。凤唱太空，指信阳市境内鸡公山，主峰形似雄鸡高唱。

2015年8月

采桑子·题《八骏图》

丹青骏马般般好，奔也风流。试问何求？勇往直前无尽头。

一生未与伯乐见，空有风流。误了春秋，可怜美名纸上留。

2015年2月

采桑子·踏青

阳和三月百花艳，水秀山清。水秀山清，漫步流连芳菲中。

闲来此去寻春色，其乐融融。其乐融融，阡陌风中看落英。

2015 年 3 月

采桑子·残荷

残荷不耐西风冷，影瘦销魂。影瘦销魂，老叶枯枝戏锦鳞。

冰心翠体今何去？空有流云。空有流云，碧水悠悠照旧人。

2015 年 9 月

采桑子·秋夜思

金秋玉露风凉夜，虫吟窗前。虫吟窗前，辗转三更看月圆。

乡情无尽凭何寄？飞雁传言。飞雁传言，梦里炊烟是旧颜。

2015 年 9 月

采桑子·咏秋

西风落叶萧萧去，似有离愁。人立寒秋，云卷高天竟自由。

青丝几度霜偷染，虽老方遒。岁月悠悠，暑去寒来无尽头。

2015年11月

唐多令·再游薄山湖

山瘦卧寒秋，鱼肥戏浅流。忆当年，往事难留。旧地音容今已改，光阴苒，也悠悠。

荒草仍葳葳，渡口横櫓舟。遇同窗，不说忧愁。且与老友共饮酒，杯盏醉，梦重游。

2016年11月

唐多令·初冬登乐山

霜叶有残留，冬时仍似秋。暗香来，缤纷枝头。深壑幽幽风更劲，扬落叶，满山沟。

脚下细泉流，云中牧野牛。鸟声急，闲唱何求？遥想五岳曾饮酒，终不似，此间游。

2016年11月

一剪梅·春满中原

灿烂百花处处娇，桃树香飘，杏儿含苞。莺歌燕舞弄春潮。人也欢呼，风也涛涛。

浩荡春风动地摇，日也昭昭，月也皎皎。中原大地正妖娆。独领风骚，还看今朝。

2016 年 3 月

一剪梅·泛舟铜山湖

一叶轻舟逐浪高。右岸山摇，左岸人招。铜山隐隐架虹桥。云也飘飘，雨也潇潇。

山岛层林分外娇。几树含苞，几树妖娆。春风杨柳万千条。瘦了红桃，肥了藤乔。

2016 年 3 月

渔家傲·春游宿鸭湖

浪静湖平风微起，花红柳绿连天碧。归燕翩翩飞远去。春雨里，云低雾锁渔家闭。

水映钓翁鱼相戏，翻飞野鸭生雅趣。更喜岸边花满地。渔歌里，游人指点风光丽。

2016 年 3 月

最高楼·惜春

花儿败，怜满地残英。春色也匆匆。东风一夜肥新叶，愁人只恨草青青。觅芳踪，何处有，蜂蝶情。

鹊声早，小园今日好，莺声老，枝头青杏小。薄雾起，雨蒙蒙。长空暗淡迷归燕，依依杨柳梦空空。对金樽，人无语，忆繁红。

2016 年 4 月

满庭芳·石榴花开

一树独放，石榴花艳，送我满院香风。欲归何处，蜂戏已迷踪。如梦芳姿初醒，梳妆雅，裙舞轻轻。霞光照，随风摇曳，疏影恰多情。

鹊鸣。花在笑，知音悦耳，琴韵声声。看飞燕穿过，缠绵由衷。几处红雨落地，相思泪，几多深情。人已醉，诗兴销魂，心在梦幻中。

2016 年 5 月

满庭芳·茶吟

雨露妆点，闺在山野，岁月曾沐春风。农家碧玉，绿叶赛花容。可怜风尘魂魄，转眼去，拈手凋零。向何处？此生难卜，归路任西东。

今朝，登雅座，金杯玉盏，身价倍增。与君悦，茗香醉了高朋。贤达见仁见智，悠悠然，开口有咏。人已散，三品未尽，谁解万般情？

2016 年 6 月

少年游·暮归

残阳渐暗暮霭垂，巢边鸟低飞。几朵红霞，远天轻缀，一巷晚风吹。

粗茶淡饭一杯水，酒好待人归。子绕妻随，身心自醉，人在梦中飞。

2016 年 6 月

诉衷情·望星空

沉沉夜半望星空，人醉月明中。今宵仰慕北斗，欲往驾清风。

酬壮志，热情涌，九霄凌。梦归何处？看我中华，鹏举龙腾。

2016 年 7 月

诉衷情·咏莲

亭亭玉立满池莲，碧水映红颜。莹莹一叶清露，思念泪涟涟。

香淡淡，意绵绵，把魂牵。问君知否？相望今生，苦梦何圆。

2016 年 7 月

相见欢·咏石榴

花开五月飘香，舞红裳。不与百花争艳，自芬芳。

摇疏影，梦初醒，情欲狂，总把万千思念，腹中藏。

2016 年 7 月 12 日

六州歌头·登金顶

初秋气象，草木仍葱茏。云淡淡，天高远，鸟争鸣。气象清。看断崖山色，蝴蝶舞，花香浓，千古树，林密密，道难行。十万台阶，陡峭云中路，坎坷层层。仰玉皇宇殿，欲把九霄凌。胸有豪情，敢攀登。

放怀金顶，望乡野，天地阔，立天中。峰峦舞，龙虎跃，乐山倾。向驿城。回首北山下，水碧碧，雾蒙蒙。村舍隐，红楼小，入画屏。风景这边独好，凭神力，毓秀钟灵。想行人到此，飘然去尘红。应悟人生。

注：金顶，即金顶山，海拔608米，在河南省驻马店市境内。

2016年9月

桂殿秋·薄山湖晚景

荒野渡，晚霞中。几行白鹭竞苍穹。一湖秀水夕阳染，隐隐青山跃虎龙。

2016年9月

桂殿秋·晚秋

云淡淡，露凝霜。叶枯草横任苍凉。西风吹尽天涯路，月冷星寒更断肠。

2016年10月

桂殿秋·蜡梅

迎雪笑，立隆冬。蜡梅几朵傲寒风。芳香浮动黄昏后，鹊唱枝摇总是情。

2016年12月

菩萨蛮·晚秋

枝头落叶几时了，江天寥廓霜来早。梦里雁声悲，心随草木飞。

凉风催我老，还对金菊笑。举目望苍穹，天高魂更空。

2016年10月

长相思·天中山

洪河流，汝河流，天中山上风雨稠。悬瓠冠九州。

云悠悠，岁悠悠，颜碑未老千古秋。月明故乡楼。

2017年3月

长相思·向晚

烟朦胧，雾朦胧，半巷风云半巷空。归人向霓虹。

云千重，水千重，滚滚红尘天际涌。魂销梦幻中。

2017 年 4 月

长相思·杜鹃花

一朵红，数朵红，如荼如火真性情。心当血染成。

朝迎风，暮迎风，摇出梦境雅韵生。魂归君子同。

2017 年 4 月

长相思·石榴花

心儿红，貌儿红，新雨和风沐艳容。妖娆谁与同?

莺争鸣，燕争鸣，蝶戏枝头各有情。梦摇倩影中。

2017 年 5 月

长相思·庭院即景

枇果黄，杏果黄，借与东风竞芬芳。小楼梦里香。

蜂呈祥，鹊呈祥，软语融融情义长。枝头诗几行。

2017 年 5 月

长相思·谒伏羲八卦亭

砖斑驳，瓦斑驳，阅尽沧桑忆蔡国。伏羲万古卓。

蓍婆娑，树婆娑，八卦亭前鸟正歌。心明禅意多。

注：伏羲八卦亭在河南省上蔡县境内。

2017 年 5 月

余味说（代后记）

给这部诗稿起名“余味集”，其实是三年前的事了。那时想出一本诗集，我的第一念头就是用“余味集”这个名字。后来因瞻前顾后，总担心自己还在岗位，出本集子会惹来说长道短，就搁下了。也好，这两年又写了一些，内容更加充实，有了编选的余地。近日在对诗稿认真审修的过程中，我对“余味集”这个名字更感兴趣，觉得与这本诗稿的形魂还算吻合。概言之，有五点肤浅的道理。

一曰余味之求。余味者，留下来的耐人回想的味道。对写诗来说，这应该是一种很高的境界和追求。《文心雕龙》中说“深文隐蔚，余味曲包”，意思是说，深刻的文辞含蓄而多彩，言外的余味曲折地包含着。诗有余味，应该如此。我是一个爱诗写诗而不求甚解的人，写诗仅仅是一种情趣爱好，赏诗的水平也很有限，但是对“余味”之说，我很赞赏，也把它作为自己习作的一种追求。虽不能有绕梁之音，但总不能一览无余。特别是旧体诗，版块小、空间小，受体裁和篇幅限制，要想表达丰富的内涵、幽深的意境，只有靠余味来弥补了。余在哪里？当然是藏在字里行间，隐在诗的背后，余在感悟之中。诗也好，词也罢，一字一句所表达的都有更深的内涵。我们能看到的是诗的外形，而诗的灵魂和意境总是在形之外、象之后，是那种隐隐约约、亦真亦幻的境界，此种境界是要靠生活积累和文学修养来感悟的。这里我必须坦率地说，余味仅仅是我习作的追求，而实际上是有望而未能及，诗稿中有余味者如能十之有一，也算无愧余味之求了。

二曰余兴之吟。余兴者，未尽兴致也。很多时候读了、听了、看了，余兴未尽，总会有一些奇思异想，因爱诗就分行写上几句。正如古人所云“人禀七情，应物斯感，感物吟志，莫非自然”，对此，我深有感触。这可能与我旅游的爱好有关。读书之外，喜欢山水，对大自然有一份特别的亲情，总想亲近它、拥抱它、读懂它。再加之我这人多有好奇之心，总感到大自然里有很多智慧，有很多奥妙，有很多永远悟不完的东西。我很赞赏“读万卷书，行万里路”这句经典。我以为，读书只是为写诗提供了言辞工具，而行路则为写诗创造了灵感和激情。因此，我喜欢行路，闲暇之时，总要抽时间到外面游逛。每次出游都会有很多的收获，当然也包括写几首小诗。有时真的感到，走进大自然，就像是走进了诗的天堂，那里蕴藏着灵感、蕴藏着激情、蕴藏着无穷的诗意。苍天碧野、风云变幻、寒来暑往、青山秀水、鸟语花香、草木枯荣，走进去都会让人心潮起伏，或愉悦，或悲壮，或激昂，或沉郁，或怜悯，或缠绵，总有余兴未尽之感，于是就随吟几句。吟后总觉自己学浅笔拙、词不达意，好的是写出了，算是分行的游记吧。

三曰余韵之声。余韵者，就是遗留下来的韵致。我这里主要是指中国古典诗词的深远影响。古典诗词尤其是唐诗宋词，博大精深、登峰造极，是中国文化的经典宝藏。出于对古典诗词的崇拜和爱好，中学时代囫囵吞枣地学了一些，大学因读中文专业，接触较多，并死记硬背地读了不少，有了一知半解，有一段时间还真的钻了进去，在古典诗词的殿堂里徜徉一时，遨游一番。从那时起对古典诗词爱好更深，虽未得其真谛，但总算学了一些皮毛。这几年有了写诗的念头，写新诗，也写旧体诗，写着写着觉得自己写新诗如水中捞月，没有底气，旧体诗毕竟略知一二，于是东施效颦，尽力从古典诗词中吸取精华，求其余韵。想是这样想了，但毕竟对古典诗词缺乏深入研究，写出来的东西真正得其余韵者甚少，无论是意境构思，还是句法运用，未像其形，更未传其神，也只是在诗韵、句式等方面做了一些模仿而已，至于严格的平仄韵律，未敢学步。所以，诗稿中的七言、五言都未敢有律绝之称。至于100多首词，我倒是按照王力先生的《诗词格律概要》所注词谱，尽可能押韵合辙，但也难免会有纰漏。

四曰余闲之作。顾名思义，这些诗稿是我工作之余、余暇之时所写。相当一部分是我节假日出游有感而作，还有很多是茶余饭后、闲步之时写出的。在此特地说明这一点非常重要，免得有人说我不务正业。坦率地讲，我是一个敬业之人，工作勤勤恳恳，从不懈怠。因常对自己的水平有恐慌之感，所以，以勤补拙是我始终坚守的信条。在市县工作30多年，繁忙之中，没有什么闲情逸致。到省人防办工作以后，特别是到政协工作以后，工作相对轻松，节假日可照常休息，外出的机会也多了。人闲下来，心灵放松，怀旧追远，静下心来写点东西，生活中少点寂寞，也算一种余闲的乐趣。仅此而已，绝无追逐名利之念。

五曰余生之梦。这有两层意思：其一，这些诗稿大部分作于已过甲子之年，在人生来说，已接近余生。其二，写诗是我余生的一个追求。我想，在余生之年写点东西，对人生做点反思和沉淀，应该是一件很有趣很有意义的事情。当然余生之年最重要的是健康，核心问题是养生。但养生也要有点寄托，于是我选择了出游、读书、写诗（当然也写其他），我觉得这三者可以把养生、养心、养性、养神很好地结合起来。很简单，我把写诗当作一种养生的方式，最终还是想多活几年。如果说有什么追求，那就是尽量让余生之年，生活少一点寂寞，精神多一点愉悦，情感有一点寄托，身体添一点健康，让自己活得更快活一些、更充实一些、更有趣一些。

以上五点，“余味”之说似乎未尽其意。其实，事物都是有余的，有些事情总让人琢磨不透，如雾里看花，人类社会和大自然永远都有让人读不尽、读不懂的东西，余味无穷，是社会和自然的一个特性。我对“余味”之所求者，只是想在余味无穷的大千世界里寻找一点自己的感觉罢了。给这本诗稿起名“余味集”，也旨在于此。

让余味滋润生活，让生活留有余味，足矣！

话说到此，言犹未尽，在这里，我要特别表示感谢之意，感谢河南大学文学院教授、博士生导师、中国古代文学学科带头人王立群老师和中国人民大学文学院教授、博士生导师、中国当代文学研究会副会长程光炜先生拨冗为本书写序，感谢大象出版社社长王刘纯先生为本书题名及为本书出版给予的鼎力支持，感谢政协机关的同志们和同学朋友们的大力相助。这份情谊，不是一个“谢”字能够表达的，我只有把感恩作为动力，勉励自己尽力写出更好的诗来，以酬答我的读者和支持帮助我的同志们、朋友们。

2017年12月19日